献给希拉里·鲁滨逊和莉萨·亨德森

没有你们的爱与帮助，这本书永远不会面世

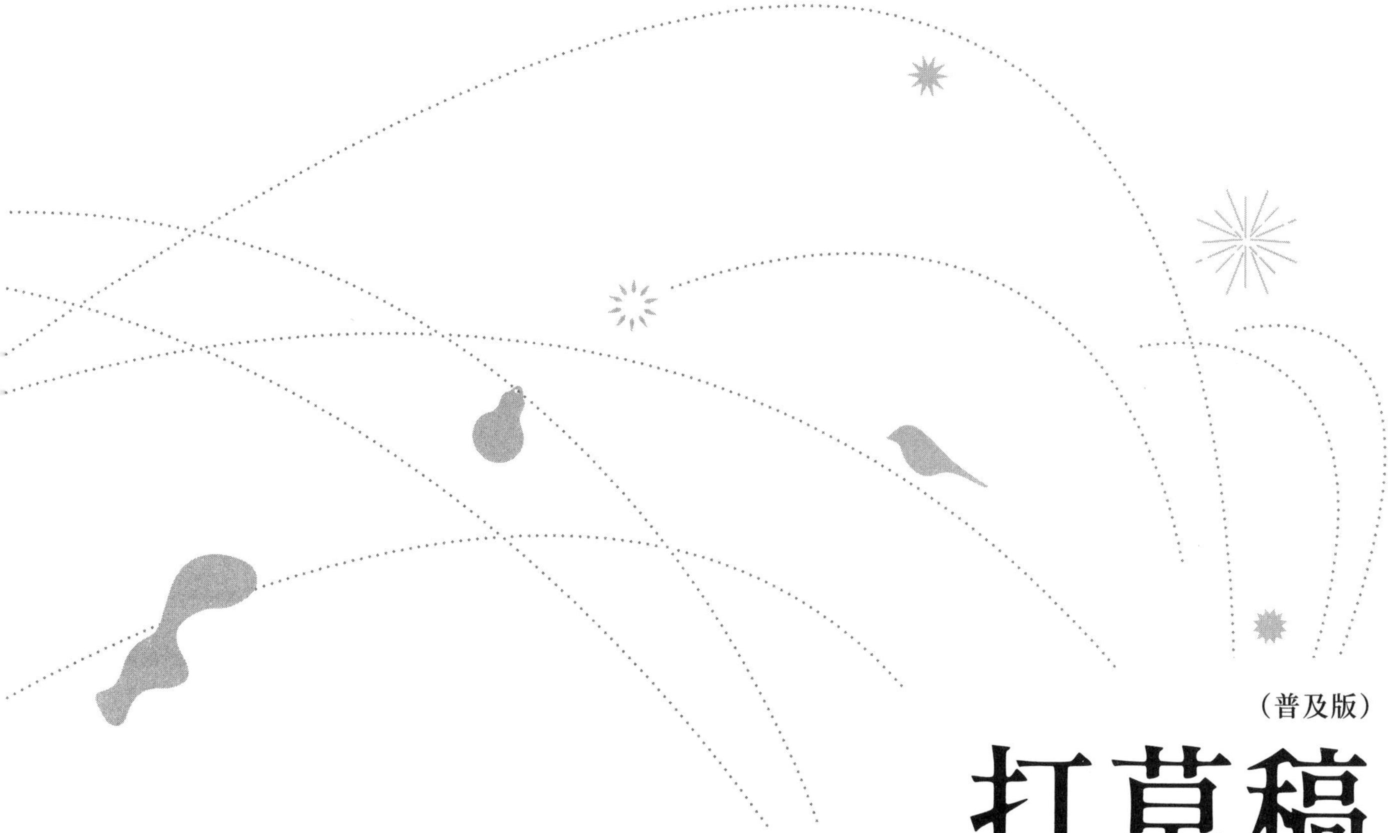

（普及版）

打草稿

编剧思维训练表

[美] 杰里米·鲁滨逊 汤姆·蒙戈万 ——— 著
曹琳琪 ——— 译

海峡出版发行集团 | 海峡文艺出版社

致　谢

我们向以下人物致谢，感谢他们为本书付出的时间与专业指导：

希拉里·鲁滨逊——超棒的编辑；

乔安妮·帕伦特——无与伦比的撰写意见；

谢里·富尔茨，杰里米的文学经纪人——中肯的建议和诚实的批评；

马克·拜尔斯、贝弗利·迪尔和卡尔·伊格莱西亚斯——为本书添砖加瓦；

莉萨·亨德森——杰出的点子与贡献；

鲁滨逊，布罗德和蒙戈万的家人———一如既往的支持与鼓励；

劳伦·罗西尼，孤鹰出版社（Lone Eagle）与我们合作的编辑

——让我们第一次出版非小说类作品拥有一次愉快的经历。

目　录

第1章 引 言

INTRODUCTION

对于大多数编剧来讲，他们决定要写自己第一部剧本的那一刻往往是这样的：当看电影的时候他们在想，“我可以的！见鬼！我能写得比这个好！虽然我从高中起就没写过东西了，但如果连这个片都能被拍成，我的当然没问题了！之后我就会变得特别特别特别有钱”，接着他们动起了手指，就像蒙哥马·布伯恩斯（《辛普森一家》里的反面角色）一样邪恶地低语着：“这简直是太棒了！”

接下来那些新手编剧们就会在成长之路上为他们之前的误解遭受残忍的打击。不仅写剧本很难，严格的格式、页数要求、视觉化的写作方式和现实主义的对话也很难，而且还需要提前做准备。

角色、情节与次要情节之间的层次，以及观众经历的每一次情绪上的起和落，都要提前计划好，就像蓝图一样。这么多年，编剧们仍然在徒手建立这个蓝图——花很多时间编辑、查找资料和自己的想法，将它草草地写在笔记本上。是时候改变这样的局面了。

我叫杰里米·鲁滨逊，与汤姆·蒙戈万是《打草稿：编剧思维训练表》（*The Screenplay Workbook*）的联合作者。我和汤姆都是编剧，而且我们都有平面设计的工作背景。有一天，汤姆来找我，跟我说：“嘿，我做了个能够帮助咱们创造更棒角色的工作表格。毕竟，如果连我们都不知道自己想要什么样的角色，谁又会知道呢？”我回答道：“酷！这能让创造角色变得更加简单！”

可能这对话有点客套，但我们的热情是真挚的。我脑中的齿轮开始运转（对于已经坐在电脑前打了一天字的我来讲并不容易），而且开始悟到一些东西。我问汤姆：“如果我们把它分成不同的工作表格，来帮助创作和管理主概念、情节和角色，是不是会更好？”我说得有点儿像个销售员似的。

就在这时，我们的那些艺术、文学和聚焦于出版的思绪汇集到一起，于是我们就自然而然地想到了一个有创造性的办法：创作一本工作手册！我们从那天开始着手创作这本书，编写引言、说明，设计那些我从开始写作时就希望手头能有的工作表格。

这本工作手册中包含的表格会帮助你创作角色、情节和概念，将它们放在一起成为一个容易理解的最终产品。你可以用这本书，寻找已完成的剧本中你知道肯定有但是找不到在哪儿的漏洞，也可以直接用它来创作新的故事。

当你完成这些工作表之后，写出完整的剧本就会变得更加容易（而且比之前写得更好）。

这本书中的表格是你在创作或重写剧本之前创意过程的工具。这是你为一个绝好故事创作生动角色的第一步。也许你会问：“为什么不写一本跟它配套的工具书呢？你可以把它称为编剧写作工具书！那样就完美了，对不对？”我的答案很简单：市场上已经有成百上千的编剧工具书了，而且其中有很多不错的。为什么我和汤姆还要写一本指导编剧写作的书呢？

这本书并不是一本工具书。它并不会教你如何写得更好，不会教你如何写场景对话和规范一个剧本。虽然这些对于剧本写作来讲都是非常重要的环节，但这些环节并不能够被转化成为实用的表格。

除了现今市场上所有的编剧写作类书籍，你也可以通过网络、时事通讯、杂志、电脑程序、审读人、已出版的剧本等得到大量的资源。有了这些手到擒来的资料，我们还缺什么？编剧的世界中始终有一样东西是缺乏的，那就是计划和组织的能力。如果没有这种本领，就连最好的故事也会跑偏。

我一直在不断扩展自己在编剧方面的知识面并且已经挖掘了大量的有用资源，但有一样我从未看到过：工作表。这就是我写这本书的原因。

无论你是学生、剧本写作新人还是专业人士，《打草稿》都是一件宝贵的工具！

填好这些表格并把它们放到一起，写作的时候把它们摆在你身边。这些完整的工作表会帮助你回答角色、人物关系、情节和架构所产生的问题；它会保证你不脱离正轨。娱乐行业对剧本有很严格的格式要求，这些工作表会使你剧本的每一页都达到要求。

我们诚挚地希望这本《打草稿》就像它帮到我们一样可以帮到你。

这本书为你提供足够写五个剧本初稿的工作表。一旦你找到剧本的概念，这些工作表会为你提供一个框架，让你真正了解要塑造的角色，定制自己的大师级作品。在写剧本之前做的准备工作越足，你就越容易创造出观众想看到的作品！现在就开始着手你的大制作吧！祝你好运！

约翰发现了为什么编剧写不下去的时候总会碰到截止日期；
还有为什么那么多编剧都是秃头……

第 2 章　概念创作

CONCEPT CREATION

想展开一个绝妙的点子，但是不知道从哪儿开始写？

一张概念表会为创造你想象的世界奠定坚实的基础。这张表并不会引导你讲出某个具体的故事，而是会帮助你决定要在剧本里用到的类型、受众、元素和地点等。

思考中心概念是你在开始写作之前要做的第一件事。有些人说可以先创作角色，然后再在他们身上制造故事情节，这是完全可以的，但是非常难。大部分新手编剧还是需要先确定概念，然后再创作角色。

想想看，如果你写的东西连自己都不感兴趣，又怎么会吸引导演和制作人呢？除非你已经是一个专业级别的编剧，否则创作概念就是你开始写剧本的第一步。

一旦你的概念确定了，其他一切都会随之而来。

一旦你的概念确定了，其他一切都会随之而来。

概念化：改善你创作概念过程的策略

并非所有人都是永不停歇的点子生产器，更别提生产好点子了。事实上，如果你能一拍脑袋就想出绝妙的主意，那恭喜你，你基本上就是个怪物。你应该像大多数人一样，从大脑额叶得到灵感不会像擤鼻涕一样简单，要不然的话，这些好点子早就像用过的纸巾一样一文不值了。以下是一些可以激发灵感的小技巧，有助于让你产生想法像擤鼻涕一样顺畅。

做白日梦

有人可能会说“这不是废话嘛”！但碰巧的是，这些否定者基本上都不做白日梦。做白日梦不代表着“集中精力去创造一个概念”，事实上恰恰相反。做白日梦的时候你必须放松，让思想放空，把所有的焦虑都放在脑后，让你的想象力出来撒野。试着问自己类似下面的问题，然后去思考它的答案。这时候你的想象力就会如洪水猛兽般强大且灵活自如。

（1）如果你是超人，你会做些什么？

（2）如果可以让时光倒流，你想回到什么时候？

（3）如果可以停住时间，你会做什么样的恶作剧？

（4）如果你是最喜欢的电影里的一个主要角色，你会做什么样的不同决定？

看　书

不要看小说（虽然它们也很不错），我们推荐的是参考书。大部分人觉得参考书很无趣，但它们确实是充满了无数未知故事的大炖锅。参考书有很多种，切记不要把参考书限定为百科全书。我推荐“时代・生活”（Time-Life）[①]系列丛书。看书，思考历史，思考太空。总之去看你感兴趣的任何学科的书籍，它们是你智慧的源泉。

与人合作

两个人的脑子总比一个人的好使。找一个有创造力的作家、艺术家或是导演，一

① Time - Life 曾是美国著名出版公司，2003 年被时代集团出售后，已转型成为音乐和影像出品公司。——译注

起酝酿概念。哦，对了，要是找三个人凑成一个小团队就更棒了。不仅你们的热情会点燃彼此，个人的想法也会启发大家的思考。如果你的伙伴是个剧本创作者，跟他一起写；如果他是个艺术家，让他去画一画场景；如果他是个电影人，找他拍一些你剧本里的场景。

对于原创概念，一旦经历低潮，进程就会非常缓慢，变得糟糕，甚至直接停摆。永远不要走到思维枯竭那一步。记住：哪怕有一堆用不着的灵感，也不能一个想法都没有。就算已经开始编写剧本，也要不断地创作概念。你会发现自己越写越轻松，并且在还没有完成现阶段剧本的时候就迫不及待地为下一个剧本激动。源源不断的创意对于编剧维持成功而言是非常重要的。

杰里米的独家内幕

原创精神并非向来在好莱坞受到鼓励。当今大多数电影完全是以前众多轰动一时的成功电影的集合体，改头换面来吸引再次消费。你可能听说过有些剧作家会写出像《黑客帝国》邂逅《油炸绿番茄》这样的剧本去吸引制作人，如果你觉得这听起来很糟糕，放心，你不是一个人。大多数编剧在知道这样写的剧本很叫座时会觉得恶心。这儿有一个小技巧，可以帮助你避开好莱坞成名套路所造成的创造力萎缩：按照你自己的方式去写，创作聪明的概念，而非聪明的形式或结构。当你写好剧本后，分析它的每一部分，直到找到可以让人联想到其他成功电影的情节。如果你的主角是一个拿枪的警察——想想《致命武器》；如果你有一支宇宙舰队——想想《星球大战》。明白了吧？所以，如果你的剧本概念像《异形》邂逅《为黛西小姐开车》，那你的剧本就已经呼之欲出了。这不会把你的剧本限制死，但会让它大卖。

一些简单易学的指导……

电影类型

在考虑其他细节之前，电影类型是你需要想的第一个问题，因为这关系到可能发生的故事的元素与场景。每种类型都有相应的规则，你的故事必须符合某种类型的模式，或找到它应属的正确的类型。比如科幻，如果你的故事里并没有探索或包含科学方面的元素，那当然就不是科幻类型。有必要的话圈定两三种类型，但尽量要少。如果故事实在讲得太广，你会发现很难选择你的受众。

角　色

这会帮你决定着重描写多少角色。如果你的故事是个浪漫的爱情喜剧，那你要着重描写两个角色；如果是科幻类，你也许会想重描写整组演员阵容，就像《星际迷航》或《星球大战》。不论哪种选择都会带来挑战。如果你是第一次写剧本，选那个看起来最不让人气馁或是最让人感到激动的角色来写。你不会想在真正开始写剧本之前就感觉被难倒。

故事会在哪儿发生

这个问题在现阶段看起来好像不是特别重要，但是大量的故事会受背景影响。如果故事发生在西雅图，雨这个元素很有可能会用在你的故事里，哪怕只是在对话中。如果你在北极圈，极冷的温度；在火星，沙尘暴；在佛罗里达，飓风。你明白了吧。找个你感兴趣的地点用到剧本里，有时候整个故事都随之生成。如果你脑中有一些很棒的地点，记下来，看看它会启发你讲述什么样的故事！

预　算

好吧，这是大部分编剧都不愿意再想第二遍的无聊环节，但它非常重要！这是制片人、制作公司以及导演等问你的第一个问题，而且有可能他们连第一页还没读。如果他们有五百万美元的预算，而你准备拍一个关于木星的片子，你觉得他们还会看你的剧本吗？想想你想与之靠拢的类型，这会帮助你决定预算定位。想写一部暑期科幻大片？那基本就没边儿了。写下你想到的一切。如果你想去一家小型独立制作公司，最好三思之后再想着“炸掉”大楼和使用高预算特效。

小建议：不管是什么类型的电影，你的预算金额越高，剧本卖出去的可能性就越低。

受　众

谁会为你的电影买单？男人还是女人？老人还是小孩？你的作品是写给谁的？这一点也将决定你故事中的元素。如果你的观众是老人或者小孩，那么你的电影里最好不要有枪杀或鲜血四溅的镜头。但如果你的观众是 18—30 岁的男人，赶紧加入乌兹枪①和 AK–47 的场景。记住，在动笔之前一定要确定你的受众。

故事的基础内容

现在你已决定了类型、受众、角色、场景和预算，那么准备开始增加或减少内容。划掉之前写的现在看起来不成立的内容。如果你在写一部预算为五百万美元的爱情片，去掉那些华而不实的东西。丢掉所有不可能实现的情节，再留下你个人特别想要的东西。

你的个人喜好

这部分完全取决于你。有什么东西是一直想写进去的？有没有让你一直着迷的地点、人或是时代？有没有你家族的故事让你想过“这要是拍成电影一定很精彩”？有没有你一直想了解的主题？写剧本是你研究和学习的最佳借口（有时甚至包括旅游）。

故事的大致样貌

结合以上所有步骤，汇成一段精炼的话，用以描述你要拍的电影。这段话就是你未实现的故事。扩写这段话，在里面加几个角色，看看能发生什么。这是属于你自己的质能方程（$E=mc^2$），然后你就可以去进行文本的“裂变”了。

①一种微型冲锋枪。——编注

概念创作工作表

剧本／项目：__________________ 日期：__________

电影类型

☐动作 ☐悬疑 ☐史诗 ☐剧情

☐爱情 ☐惊悚 ☐冒险 ☐动画

☐科幻 ☐恐怖 ☐喜剧 ☐其他：__________

人　物

☐一个主角 ☐一组主角（几个人？）__________

☐两个主角 ☐其他：__________

故事在哪儿发生？

地点 1：__________ 地点 4：__________

地点 2：__________ 地点 5：__________

地点 3：__________ 地点 6：__________

预　算

☐ 0—5 百万（低预算） ☐ 2.1 千万—2 亿及以上（高预算）

☐ 5 百万—2 千万（中等预算） ☐我知道具体要花多少钱：$__________

观　众

☐ 1—12 岁 ☐ 31—40 岁 ☐非裔美国人 ☐都市人

☐ 13—17 岁 ☐ 41—50 岁 ☐亚裔美国人 ☐男性

☐ 18—21 岁 ☐ 51—60 岁 ☐拉丁裔美国人 ☐女性

☐ 22—30 岁 ☐ 61 岁以上 ☐其他：__________

故事基本内容

☐爱情的 ☐喜剧的 ☐悲剧的

☐暴力的 ☐用 CGI* 特效的 ☐让人感到幸福和满足的

☐性感的 ☐高科技的 ☐历史的

☐有激励意义的 ☐超自然的 ☐其他：__________

* 计算机生成图像

你的个人喜好

__________ __________ __________

__________ __________ __________

__________ __________ __________

故事小结

____

____

____

The Screenplay Workbook

概念创作工作表

剧本／项目：________________　日期：________

电影类型

□动作　□悬疑　□史诗　□剧情

□爱情　□惊悚　□冒险　□动画

□科幻　□恐怖　□喜剧　□其他：________

人　物

□一个主角　□一组主角（几个人？）________

□两个主角　□其他：________

故事在哪儿发生？

地点 1：________　地点 4：________

地点 2：________　地点 5：________

地点 3：________　地点 6：________

预　算

□ 0—5 百万（低预算）　□ 2.1 千万—2 亿及以上（高预算）

□ 5 百万—2 千万（中等预算）　□我知道具体要花多少钱：$________

观　众

□ 1—12 岁　□ 31—40 岁　□非裔美国人　□都市人

□ 13—17 岁　□ 41—50 岁　□亚裔美国人　□男性

□ 18—21 岁　□ 51—60 岁　□拉丁裔美国人　□女性

□ 22—30 岁　□ 61 岁以上　□其他：________

故事基本内容

□爱情的　□喜剧的　□悲剧的

□暴力的　□用 CGI 特效的　□让人感到幸福和满足的

□性感的　□高科技的　□历史的

□有激励意义的　□超自然的　□其他：________

你的个人喜好

________　________　________

________　________　________

________　________　________

故事小结

____

____

____

概念创作工作表

剧本／项目：________________ 日期：________________

电影类型

□动作 □悬疑 □史诗 □剧情
□爱情 □惊悚 □冒险 □动画
□科幻 □恐怖 □喜剧 □其他：________

人　物

□一个主角 □一组主角（几个人？）________
□两个主角 □其他：________

故事在哪儿发生？

地点 1：________ 地点 4：________
地点 2：________ 地点 5：________
地点 3：________ 地点 6：________

预　算

□ 0—5 百万（低预算） □ 2.1 千万—2 亿及以上（高预算）
□ 5 百万—2 千万（中等预算） □我知道具体要花多少钱：$________

观　众

□ 1—12 岁 □ 31—40 岁 □非裔美国人 □都市人
□ 13—17 岁 □ 41—50 岁 □亚裔美国人 □男性
□ 18—21 岁 □ 51—60 岁 □拉丁裔美国人 □女性
□ 22—30 岁 □ 61 岁以上 □其他：________

故事基本内容

□爱情的 □喜剧的 □悲剧的
□暴力的 □用 CGI 特效的 □让人感到幸福和满足的
□性感的 □高科技的 □历史的
□有激励意义的 □超自然的 □其他：________

你的个人喜好

________ ________ ________
________ ________ ________
________ ________ ________

故事小结

____
____
____

The Screenplay Workbook

概念创作工作表

剧本／项目：________________________________ 日期：______________

电影类型

□动作 □悬疑 □史诗 □剧情

□爱情 □惊悚 □冒险 □动画

□科幻 □恐怖 □喜剧 □其他：__________

人　物

□一个主角 □一组主角（几个人？）__________

□两个主角 □其他：__________

故事在哪儿发生？

地点 1：__________ 地点 4：__________

地点 2：__________ 地点 5：__________

地点 3：__________ 地点 6：__________

预　算

□ 0—5 百万（低预算） □ 2.1 千万—2 亿及以上（高预算）

□ 5 百万—2 千万（中等预算） □我知道具体要花多少钱：$__________

观　众

□ 1—12 岁 □ 31—40 岁 □非裔美国人 □都市人

□ 13—17 岁 □ 41—50 岁 □亚裔美国人 □男性

□ 18—21 岁 □ 51—60 岁 □拉丁裔美国人 □女性

□ 22—30 岁 □ 61 岁以上 □其他：__________

故事基本内容

□爱情的 □喜剧的 □悲剧的

□暴力的 □用 CGI 特效的 □让人感到幸福和满足的

□性感的 □高科技的 □历史的

□有激励意义的 □超自然的 □其他：__________

你的个人喜好

__________ __________ __________

__________ __________ __________

__________ __________ __________

故事小结

____

____

____

概念创作工作表

剧本／项目：________________________ 日期：____________

电影类型

□动作 □悬疑 □史诗 □剧情
□爱情 □惊悚 □冒险 □动画
□科幻 □恐怖 □喜剧 □其他：____________

人　物

□一个主角 □一组主角（几个人？）____________
□两个主角 □其他：____________

故事在哪儿发生?

地点 1：____________ 地点 4：____________
地点 2：____________ 地点 5：____________
地点 3：____________ 地点 6：____________

预　算

□ 0—5 百万（低预算） □ 2.1 千万—2 亿及以上（高预算）
□ 5 百万—2 千万（中等预算） □我知道具体要花多少钱：$____________

观　众

□ 1—12 岁 □ 31—40 岁 □非裔美国人 □都市人
□ 13—17 岁 □ 41—50 岁 □亚裔美国人 □男性
□ 18—21 岁 □ 51—60 岁 □拉丁裔美国人 □女性
□ 22—30 岁 □ 61 岁以上 □其他：____________

故事基本内容

□爱情的 □喜剧的 □悲剧的
□暴力的 □用 CGI 特效的 □让人感到幸福和满足的
□性感的 □高科技的 □历史的
□有激励意义的 □超自然的 □其他：____________

你的个人喜好

____________ ____________ ____________
____________ ____________ ____________
____________ ____________ ____________

故事小结

____
____
____

约翰学到了不要让第十页的素食主义者在第十四页点一份牛排的重要性。

第 3 章　角色探索

CHARACTER DEVELOPMENT

对于剧本来讲，概念最重要，不是吗？你如果有大家从没见过的、吸引人眼球的想法，必然会震惊世界。只要有这些就行了。之后随便往上写一些角色就会变成黄金剧本，对吗？错！

虽然概念经常为先，往往是抓住观众本能注意力的元素，但它却不是一个剧本最主要的部分。这让我们之中的大多数都很难承认，却是事实。你也许有一个很棒的概念，但如果用很平庸、无聊和俗套的角色，剧本还是会散架。如果人们不能认同你塑造的角色，就不会有人关心你那绝好的概念。

怎么才能让观众认同你塑造的角色？怎么着手去实现？如果你像大多数新手一样在没有挖掘角色细节之前就开始写剧本的话，你的角色必定会前后充满矛盾，观众一看就会发现。你要知晓角色里里外外所有的细节——过去、现在和未来。要知晓他们的热情所在，他们的弱点和最喜欢的颜色是什么；你需要在脑海中想到他们在生活中方方面面是什么样的。

你的角色应该是一个真实存在的人，即便他们是超人也应如此。他们需要去感受、吃饭、呼吸、爱和恨。他们应该有爱好、习惯、独特的讲话方式和肢体语言。他们需要始终如一地表现他们的反复无常——就像地球上的所有人一样。

更重要的是，如果你在写剧本的时候已经了解你的角色，写作所用的时间会大大减少。你会很容易理解和运用角色是如何讲话、行动和应对不同事件的。也不用忙着尝试拼凑你的角色，你为剧本所做的准备工作会回报你。

一个了不起的概念是我们在看电影之前记住的。

一个了不起的角色是我们在看电影之后记住的。

尝试在挖掘角色的时候想着上面这两句话。让你的角色变得难以忘记，你出色的概念就会经得起时间的考验。

选择名字

名字是什么？你角色的名字究竟有多重要？你为角色起什么名字真的有所谓吗？难道定义一个角色的不是他们的行为和语言吗？

角色名字之于你故事的重要性就像孩子名字之于他们的父母一样。姓名可以定义一个角色是谁，不是谁，想成为什么样的人。想象你故事中有个恶霸名叫珀泰（Petey），这听起来并不是很凶恶。除非你在写一部喜剧，否则珀泰注定是一个可悲的恶人，仅仅是因为他的名字，而无关乎他杀了多少人、毁了多少城市、灭了多少文明。你需要让你起的名字帮助阐释你的角色。下面有几个为角色找到最合适名字的技巧。

主　题

假设你故事的主题是背叛。你想到背叛的时候脑中第一个浮现出来的名字是什么？史上最有名的背叛者犹大（Judas）怎么样？但用犹大这样的名字又太过明显。你的观众一下子就能猜到犹大就是那个背叛者。你可以狡猾地用一些稍加改动的名字——祖德（Jude）、贾德（Judd）、朱迪（Judy）、朱迪丝（Judith）、贾德森（Judson）和朱达（Judah）等，这些都是不错的替代。如果你的剧本有环境保护方面的寓意，又希望可以用主角来反映这个主题，你可以将她取名为萨拉·格林①（Sarah Green）。她的姓氏会自动告诉观众她是站在环保这一战线的。如果你的观众机智过人，他们会发现萨拉意味着公主②。这样萨拉·格林这个名字就可以转换成为环保公主，就像我们接下来要提到的命名技巧。

含　义

所有名字都有含义。用这种方式命名你的角色是很有效的。当然你的观众不可能知道你用的每个名字的含义，但是他们潜意识中可能会感觉到。这个技巧多是给作者而不是给观众用的。知晓一个特别的名字可以帮助你聚焦在这个角色上，关注这个角色的核心特质，以及他们的命运是怎样的。(推荐一个按含义找名字的好资源：www.babynames.com。)

听起来像……

名字听起来可以像具有情感、地点、动作等含义。给角色起一个可以唤起观众辨识信息的名字，无需大篇幅的解释就能确定角色。比方说你的故事里有个角色叫埃弗里（Avery），这名字让人不费力就能想到人物的优点可能是“勇敢”（bravery）。再举一个例子，希拉里（Hilary）听起来很像“可笑的”（hilarious）对不对？基于这个名字的发音，你的观众会猜想希拉里这个角色是一个快乐的人，因此希拉里这个名字的含义是“喜悦的”也就不让人奇怪了。

明显特征

这个技巧多用于黑帮电影和漫改电影。一个红头发的女人可能叫红（Red）。一个方头方脑的男人可能叫方块（The Cube）。看一下《蜘蛛侠》里章鱼博士（Dr. Octopus）这个角色，名字来源于他有两只胳膊、两条腿和四只额外的艾德曼合金（一

① Green 有“绿色”之意。——译注

② Sarah 来源于希伯来语，意为“公主”。——编注

杰里米的独家内幕

格式，格式，格式。难以置信有那么多作者都会忽视这个简单却又对写作极为重要的规则。我知道大多数新手编剧都很穷，但为了长远考虑，买一些剧本写作软件还是必要的。正如大多数专业编剧推荐的，我也推荐Final Draft。省点儿钱出来，把它列在生日或圣诞节心愿清单上，搞一份这个软件。为什么格式很重要？审读人、代理公司和制作人是剧本“吸收机”，他们每天看大量的剧本，已经可以做到马上排除一些业余作品。使用奇怪的格式就是宣告，在剧本格式方面你甚至连最基础的研究都没做过（这其实远比写作一个剧本简单得多）。不正确的格式会给审读人一个理由，让他把你的剧本撕了团成球之后用来练习垃圾桶投篮。

种金属）机械臂，加起来一共八条腿——就像章鱼。再看一下章鱼博士的真实名字（不是作为超级恶霸的那个名字）：奥托·奥克塔维厄斯博士（Dr. Octo Octavius）①。这名字就像在尖叫着说：“那人有八条腿！”这种技巧只适合用于一些类型，并非全部。千万不要在电影中把一个体毛丰富的（hairy）人命名为哈里（Harry），仔细想想就觉得不太好。靠明显特征来命名角色的这个技巧最好用于漫画改编、喜剧和黑帮电影。

运用工具书

这个技巧很棒，但是并不一定能与之前的技巧一起使用。非常简单：拿本同/反义词词典！现在想想能够描述你角色的几个词，他的信仰、人生目标什么的。看看这些词在词典里的意思，取它们的反义词作为名字。你会为“听上去有……的意思”的名字找到好的材料；你会找出神话人物的名字；你会为他们找出属于自己独一无二的新词汇。运用词典会开启你之前从未考虑过的一扇大门。（如果你连一本同/反义词词典都没有的话，应该觉得羞耻。你是个作家！快去搞一本！）如果你是个做所有事都依赖现代科技的人，去“www.dictionary.com”网址看看，这是一个包含你能想到的所有词汇的（感觉上像有这么多）在线词典。

① 英文词根 Octo 有“八”之意。——译注

一些简单易学的指导

角色创作工作表基本上是明白易懂的。

我们提供了一系列关于角色的问题，你必须回答关于你的每一位主角的每一个问题。记住，这个工作表仅仅是你开始了解角色的一个起点。想一些你自己要问角色的问题。问问你的角色对时事有什么看法，什么时候失去童贞，或者有没有用过枪。

每一个问题的答案都更多地揭露你的角色!

这个工作表是开始了解你的角色的一个绝好起点——但只有你自己清楚什么样的问题最适合你的创作。回答我们已列出的问题，然后再深入探索。

角色发展工作表 1

剧本／项目：＿＿＿＿＿＿＿＿ 日期：＿＿＿＿

姓名：＿＿＿＿＿＿＿＿

年龄：＿＿＿＿ 身高：＿＿＿＿ 种族：＿＿＿ □男性 □女性

昵称：＿＿＿＿＿＿＿＿ 穿衣风格：＿＿＿＿＿＿

发型：＿＿＿＿＿＿＿＿ 眼镜：＿＿＿＿＿＿

肤色：＿＿＿＿ 眼睛颜色：＿＿＿＿ 头发颜色：＿＿＿＿

体重／体型：＿＿＿＿＿＿＿＿

情感状态：＿＿＿＿＿＿＿＿

职业：＿＿＿＿＿＿＿＿ 收入：＿＿＿＿＿＿

工作地点：＿＿＿＿＿＿＿＿ 交通工具：＿＿＿＿＿＿

婚姻状况：＿＿＿＿＿＿＿＿

孩子（数量和名字）：＿＿＿＿＿＿＿＿

家庭信息：＿＿＿＿＿＿＿＿

宠物：＿＿＿＿＿＿＿＿ 政治党派：＿＿＿＿＿＿

死对头：＿＿＿＿＿＿＿＿

为什么：＿＿＿＿＿＿＿＿

爱好：＿＿＿＿＿＿＿＿

怪癖／缺点：＿＿＿＿＿＿＿＿

其他信息：＿＿＿＿＿＿＿＿

如果你可以选择，要谁扮演这个角色：＿＿＿＿＿＿＿＿

角色发展工作表 2

剧本／项目：______ 日期：______

最喜欢的音乐风格：______ 乐队：______

最喜欢去的地方：______

最喜欢的电影／书：______ 为什么：______

最好的朋友：______ 为什么：______

最喜欢的数字：______ 最喜欢吃的：______ 最讨厌吃的：______

过敏症状或者身体缺陷：□无 □有 是什么：______ 多久了：______

依赖药物：□无 □有 为什么：______ 多久了：______

犯罪记录：□无 □有 为什么：______

宗教信仰：□无 □有 是什么：______

教育程度：______

在他／她身上发生过的奇怪的事：______

还未实现的个人目标：______

最害怕：______ 为什么：______

最强长处：______ 弱点：______

他／她认为自己十年后是什么样子的：______

性幻想／偏爱：______

音乐天赋：□无 □有 何种乐器：______

最后悔的事：______ 为什么：______

特别的天赋：______

家族传统：□无 □有 是什么：______

与另一部电影中角色的联系：______

为什么：______

角色发展工作表 1

剧本／项目：________________ 日期：________

姓名：________________

年龄：________ 身高：________ 种族：______ □男性 □女性

昵称：________________ 穿衣风格：________________

发型：________________ 眼镜：________________

肤色：________ 眼睛颜色：________ 头发颜色：________

体重／体型：________________

情感状态：________________

职业：________________ 收入：________________

工作地点：________________ 交通工具：________________

婚姻状况：________________

孩子（数量和名字）：________________

家庭信息：________________

____

____

____

宠物：________________ 政治党派：________________

死对头：________________

为什么：________________

爱好：________________

____

____

怪癖／缺点：________________

____

____

____

其他信息：________________

____

____

____

____

如果你可以选择，要谁扮演这个角色：________________

角色发展工作表 2

剧本／项目：________________ 日期：________

最喜欢的音乐风格：________ 乐队：________

最喜欢去的地方：________________

最喜欢的电影／书：________ 为什么：________

最好的朋友：________ 为什么：________

最喜欢的数字：________ 最喜欢吃的：________ 最讨厌吃的：________

过敏症状或者身体缺陷：□无 □有 是什么：________ 多久了：________

依赖药物：□无 □有 为什么：________ 多久了：________

犯罪记录：□无 □有 为什么：________

宗教信仰：□无 □有 是什么：________

教育程度：________________

在他／她身上发生过的奇怪的事：________________

____

____

还未实现的个人目标：________________

____

最害怕：________ 为什么：________

____

最强长处：________ 弱点：________

他／她认为自己十年后是什么样子的：________________

____

____

性幻想／偏爱：________________

____

音乐天赋：□无 □有 何种乐器：________

最后悔的事：________ 为什么：________

____

特别的天赋：________________

家族传统：□无 □有 是什么：________

____

与另一部电影中角色的联系：________________

为什么：________________

角色发展工作表 1

剧本／项目：________________ 日期：________

姓名：________________

年龄：________ 身高：________ 种族：________ □男性 □女性

昵称：________________ 穿衣风格：________________

发型：________________ 眼镜：________________

肤色：________ 眼睛颜色：________ 头发颜色：________

体重／体型：________________

情感状态：________________

职业：________________ 收入：________________

工作地点：________________ 交通工具：________________

婚姻状况：________________

孩子（数量和名字）：________________

家庭信息：________________

宠物：________________ 政治党派：________________

死对头：________________

为什么：________________

爱好：________________

怪癖／缺点：________________

其他信息：________________

如果你可以选择，要谁扮演这个角色：________________

The Screenplay Workbook

角色发展工作表 2

剧本／项目：________________ 日期：________________

最喜欢的音乐风格：________________ 乐队：________________

最喜欢去的地方：________________

最喜欢的电影／书：________________ 为什么：________________

最好的朋友：________________ 为什么：________________

最喜欢的数字：________________ 最喜欢吃的：________________ 最讨厌吃的：________________

过敏症状或者身体缺陷：□无 □有 是什么：________________ 多久了：________________

依赖药物：□无 □有 为什么：________________ 多久了：________________

犯罪记录：□无 □有 为什么：________________

宗教信仰：□无 □有 是什么：________________

教育程度：________________

在他／她身上发生过的奇怪的事：________________

____

____

还未实现的个人目标：________________

____

最害怕：________________ 为什么：________________

____

最强长处：________________ 弱点：________________

他／她认为自己十年后是什么样子的：________________

____

____

性幻想／偏爱：________________

____

音乐天赋：□无 □有 何种乐器：________________

最后悔的事：________________ 为什么：________________

____

特别的天赋：________________

家族传统：□无 □有 是什么：________________

____

与另一部电影中角色的联系：________________

为什么：________________

角色发展工作表 1

剧本／项目：________________________ 日期：____________

姓名：____

年龄：__________ 身高：__________ 种族：______ □男性 □女性

昵称：____________________ 穿衣风格：____________________

发型：____________________ 眼镜：____________________

肤色：__________ 眼睛颜色：__________ 头发颜色：__________

体重／体型：____

情感状态：____

职业：____________________ 收入：____________________

工作地点：____________________ 交通工具：____________________

婚姻状况：____

孩子（数量和名字）：____

家庭信息：____

____

____

____

宠物：____________________ 政治党派：____________________

死对头：____

为什么：____

爱好：____

____

____

怪癖／缺点：____

____

____

____

其他信息：____

____

____

____

____

如果你可以选择，要谁扮演这个角色：____________________

角色发展工作表 2

剧本／项目：______________________ 日期：__________

最喜欢的音乐风格：__________ 乐队：__________

最喜欢去的地方：__________

最喜欢的电影／书：__________ 为什么：__________

最好的朋友：__________ 为什么：__________

最喜欢的数字：__________ 最喜欢吃的：__________ 最讨厌吃的：__________

过敏症状或者身体缺陷：□无 □有 是什么：__________ 多久了：__________

依赖药物：□无 □有 为什么：__________ 多久了：__________

犯罪记录：□无 □有 为什么：__________

宗教信仰：□无 □有 是什么：__________

教育程度：__________

在他／她身上发生过的奇怪的事：__________

____

____

还未实现的个人目标：__________

____

最害怕：__________ 为什么：__________

____

最强长处：__________ 弱点：__________

他／她认为自己十年后是什么样子的：__________

____

____

性幻想／偏爱：__________

____

音乐天赋：□无 □有 何种乐器：__________

最后悔的事：__________ 为什么：__________

____

特别的天赋：__________

家族传统：□无 □有 是什么：__________

____

与另一部电影中角色的联系：__________

为什么：__________

角色发展工作表 1

剧本／项目：________________ 日期：________

姓名：________________

年龄：________ 身高：________ 种族：________ □男性 □女性

昵称：________ 穿衣风格：________

发型：________ 眼镜：________

肤色：________ 眼睛颜色：________ 头发颜色：________

体重／体型：________________

情感状态：________________

职业：________ 收入：________

工作地点：________ 交通工具：________

婚姻状况：________________

孩子（数量和名字）：________________

家庭信息：________________

____

____

____

宠物：________ 政治党派：________

死对头：________________

为什么：________________

爱好：________________

____

____

怪癖／缺点：________________

____

____

____

其他信息：________________

____

____

____

____

如果你可以选择，要谁扮演这个角色：________________

角色发展工作表 2

剧本／项目：________________ 日期：________

最喜欢的音乐风格：________________ 乐队：________________

最喜欢去的地方：________________________________

最喜欢的电影／书：________________ 为什么：________________

最好的朋友：________________ 为什么：________________

最喜欢的数字：__________ 最喜欢吃的：__________ 最讨厌吃的：__________

过敏症状或者身体缺陷：□无 □有 是什么：__________ 多久了：__________

依赖药物：□无 □有 为什么：__________ 多久了：__________

犯罪记录：□无 □有 为什么：________________

宗教信仰：□无 □有 是什么：________________

教育程度：________________________________

在他／她身上发生过的奇怪的事：________________________________

____

____

还未实现的个人目标：________________________________

____

最害怕：________________ 为什么：________________

____

最强长处：________________ 弱点：________________

他／她认为自己十年后是什么样子的：________________________________

____

____

性幻想／偏爱：________________________________

____

音乐天赋：□无 □有 何种乐器：________________

最后悔的事：________________ 为什么：________________

____

特别的天赋：________________________________

家族传统：□无 □有 是什么：________________

____

与另一部电影中角色的联系：________________________________

为什么：________________________________

角色发展工作表 1

剧本／项目：________________ 日期：________

姓名：________________

年龄：________ 身高：________ 种族：________ □男性 □女性

昵称：________________ 穿衣风格：________________

发型：________________ 眼镜：________________

肤色：________ 眼睛颜色：________ 头发颜色：________

体重／体型：________________

情感状态：________________

职业：________________ 收入：________________

工作地点：________________ 交通工具：________________

婚姻状况：________________

孩子（数量和名字）：________________

家庭信息：________________

____

____

____

宠物：________________ 政治党派：________________

死对头：________________

为什么：________________

爱好：________________

____

____

怪癖／缺点：________________

____

____

____

其他信息：________________

____

____

____

____

如果你可以选择，要谁扮演这个角色：________________

角色发展工作表 2

剧本／项目：________________ 日期：________________

最喜欢的音乐风格：________________ 乐队：________________

最喜欢去的地方：________________

最喜欢的电影／书：________________ 为什么：________________

最好的朋友：________________ 为什么：________________

最喜欢的数字：________ 最喜欢吃的：________ 最讨厌吃的：________

过敏症状或者身体缺陷：☐无 ☐有 是什么：________ 多久了：________

依赖药物：☐无 ☐有 为什么：________ 多久了：________

犯罪记录：☐无 ☐有 为什么：________________

宗教信仰：☐无 ☐有 是什么：________________

教育程度：________________

在他／她身上发生过的奇怪的事：________________

____

____

还未实现的个人目标：________________

____

最害怕：________________ 为什么：________________

____

最强长处：________________ 弱点：________________

他／她认为自己十年后是什么样子的：________________

____

____

性幻想／偏爱：________________

____

音乐天赋：☐无 ☐有 何种乐器：________________

最后悔的事：________________ 为什么：________________

____

特别的天赋：________________

家族传统：☐无 ☐有 是什么：________________

____

与另一部电影中角色的联系：________________

为什么：________________

The Screenplay Workbook

角色发展工作表 1

剧本／项目：＿＿＿＿＿＿＿＿ 日期：＿＿＿＿＿＿＿＿

姓名：＿＿＿＿＿＿＿＿

年龄：＿＿＿＿ 身高：＿＿＿＿ 种族：＿＿＿＿ □男性 □女性

昵称：＿＿＿＿＿＿＿＿ 穿衣风格：＿＿＿＿＿＿＿＿

发型：＿＿＿＿＿＿＿＿ 眼镜：＿＿＿＿＿＿＿＿

肤色：＿＿＿＿ 眼睛颜色：＿＿＿＿ 头发颜色：＿＿＿＿

体重／体型：＿＿＿＿＿＿＿＿

情感状态：＿＿＿＿＿＿＿＿

职业：＿＿＿＿＿＿＿＿ 收入：＿＿＿＿＿＿＿＿

工作地点：＿＿＿＿＿＿＿＿ 交通工具：＿＿＿＿＿＿＿＿

婚姻状况：＿＿＿＿＿＿＿＿

孩子（数量和名字）：＿＿＿＿＿＿＿＿

家庭信息：＿＿＿＿＿＿＿＿

宠物：＿＿＿＿＿＿＿＿ 政治党派：＿＿＿＿＿＿＿＿

死对头：＿＿＿＿＿＿＿＿

为什么：＿＿＿＿＿＿＿＿

爱好：＿＿＿＿＿＿＿＿

怪癖／缺点：＿＿＿＿＿＿＿＿

其他信息：＿＿＿＿＿＿＿＿

如果你可以选择，要谁扮演这个角色：＿＿＿＿＿＿＿＿

The Screenplay Workbook

角色发展工作表 2

剧本／项目：______ 日期：______

最喜欢的音乐风格：______ 乐队：______

最喜欢去的地方：______

最喜欢的电影／书：______ 为什么：______

最好的朋友：______ 为什么：______

最喜欢的数字：______ 最喜欢吃的：______ 最讨厌吃的：______

过敏症状或者身体缺陷：□无 □有 是什么：______ 多久了：______

依赖药物：□无 □有 为什么：______ 多久了：______

犯罪记录：□无 □有 为什么：______

宗教信仰：□无 □有 是什么：______

教育程度：______

在他／她身上发生过的奇怪的事：______

______

______

还未实现的个人目标：______

______

最害怕：______ 为什么：______

______

最强长处：______ 弱点：______

他／她认为自己十年后是什么样子的：______

______

______

性幻想／偏爱：______

______

音乐天赋：□无 □有 何种乐器：______

最后悔的事：______ 为什么：______

______

特别的天赋：______

家族传统：□无 □有 是什么：______

______

与另一部电影中角色的联系：______

为什么：______

角色发展工作表 1

剧本／项目：__________ 日期：__________

姓名：__________

年龄：__________ 身高：__________ 种族：__________ □男性 □女性

昵称：__________ 穿衣风格：__________

发型：__________ 眼镜：__________

肤色：__________ 眼睛颜色：__________ 头发颜色：__________

体重／体型：__________

情感状态：__________

职业：__________ 收入：__________

工作地点：__________ 交通工具：__________

婚姻状况：__________

孩子（数量和名字）：__________

家庭信息：__________

宠物：__________ 政治党派：__________

死对头：__________

为什么：__________

爱好：__________

怪癖／缺点：__________

其他信息：__________

如果你可以选择，要谁扮演这个角色：__________

角色发展工作表 2

剧本／项目：________ 日期：________

最喜欢的音乐风格：________ 乐队：________

最喜欢去的地方：________

最喜欢的电影／书：________ 为什么：________

最好的朋友：________ 为什么：________

最喜欢的数字：________ 最喜欢吃的：________ 最讨厌吃的：________

过敏症状或者身体缺陷：□无 □有 是什么：________ 多久了：________

依赖药物：□无 □有 为什么：________ 多久了：________

犯罪记录：□无 □有 为什么：________

宗教信仰：□无 □有 是什么：________

教育程度：________

在他／她身上发生过的奇怪的事：________

____

____

还未实现的个人目标：________

____

最害怕：________ 为什么：________

____

最强长处：________ 弱点：________

他／她认为自己十年后是什么样子的：________

____

____

性幻想／偏爱：________

____

音乐天赋：□无 □有 何种乐器：________

最后悔的事：________ 为什么：________

____

特别的天赋：________

家族传统：□无 □有 是什么：________

____

与另一部电影中角色的联系：________

为什么：________

角色发展工作表 1

剧本／项目：________________ 日期：________

姓名：________________

年龄：________ 身高：________ 种族：________ □男性 □女性

昵称：________________ 穿衣风格：________________

发型：________________ 眼镜：________________

肤色：________ 眼睛颜色：________ 头发颜色：________

体重／体型：________________

情感状态：________________

职业：________________ 收入：________________

工作地点：________________ 交通工具：________________

婚姻状况：________________

孩子（数量和名字）：________________

家庭信息：________________

宠物：________________ 政治党派：________________

死对头：________________

为什么：________________

爱好：________________

怪癖／缺点：________________

其他信息：________________

如果你可以选择，要谁扮演这个角色：________________

角色发展工作表 2

剧本／项目：________________ 日期：________________

最喜欢的音乐风格：________________ 乐队：________________

最喜欢去的地方：________________

最喜欢的电影／书：________________ 为什么：________________

最好的朋友：________________ 为什么：________________

最喜欢的数字：________________ 最喜欢吃的：________________ 最讨厌吃的：________________

过敏症状或者身体缺陷：□无 □有 是什么：________________ 多久了：________________

依赖药物：□无 □有 为什么：________________ 多久了：________________

犯罪记录：□无 □有 为什么：________________

宗教信仰：□无 □有 是什么：________________

教育程度：________________

在他／她身上发生过的奇怪的事：________________

____

____

还未实现的个人目标：________________

____

最害怕：________________ 为什么：________________

____

最强长处：________________ 弱点：________________

他／她认为自己十年后是什么样子的：________________

____

____

性幻想／偏爱：________________

____

音乐天赋：□无 □有 何种乐器：________________

最后悔的事：________________ 为什么：________________

____

特别的天赋：________________

家族传统：□无 □有 是什么：________________

____

与另一部电影中角色的联系：________________

为什么：________________

角色发展工作表 1

剧本／项目：________________ 日期：________

姓名：________________

年龄：________ 身高：________ 种族：________ □男性 □女性

昵称：________________ 穿衣风格：________________

发型：________________ 眼镜：________________

肤色：________ 眼睛颜色：________ 头发颜色：________

体重／体型：________________

情感状态：________________

职业：________________ 收入：________________

工作地点：________________ 交通工具：________________

婚姻状况：________________

孩子（数量和名字）：________________

家庭信息：________________

____

____

____

宠物：________________ 政治党派：________________

死对头：________________

为什么：________________

爱好：________________

____

____

怪癖／缺点：________________

____

____

____

其他信息：________________

____

____

____

____

如果你可以选择，要谁扮演这个角色：________________

角色发展工作表 2

剧本／项目：＿＿＿＿＿＿＿＿ 日期：＿＿＿＿＿＿＿＿

最喜欢的音乐风格：＿＿＿＿＿＿＿＿ 乐队：＿＿＿＿＿＿＿＿

最喜欢去的地方：＿＿＿＿＿＿＿＿

最喜欢的电影／书：＿＿＿＿＿＿＿＿ 为什么：＿＿＿＿＿＿＿＿

最好的朋友：＿＿＿＿＿＿＿＿ 为什么：＿＿＿＿＿＿＿＿

最喜欢的数字：＿＿＿＿＿＿＿＿ 最喜欢吃的：＿＿＿＿＿＿＿＿ 最讨厌吃的：＿＿＿＿＿＿＿＿

过敏症状或者身体缺陷：□无 □有 是什么：＿＿＿＿＿＿＿＿ 多久了：＿＿＿＿＿＿＿＿

依赖药物：□无 □有 为什么：＿＿＿＿＿＿＿＿ 多久了：＿＿＿＿＿＿＿＿

犯罪记录：□无 □有 为什么：＿＿＿＿＿＿＿＿

宗教信仰：□无 □有 是什么：＿＿＿＿＿＿＿＿

教育程度：＿＿＿＿＿＿＿＿

在他／她身上发生过的奇怪的事：＿＿＿＿＿＿＿＿

还未实现的个人目标：＿＿＿＿＿＿＿＿

最害怕：＿＿＿＿＿＿＿＿ 为什么：＿＿＿＿＿＿＿＿

最强长处：＿＿＿＿＿＿＿＿ 弱点：＿＿＿＿＿＿＿＿

他／她认为自己十年后是什么样子的：＿＿＿＿＿＿＿＿

性幻想／偏爱：＿＿＿＿＿＿＿＿

音乐天赋：□无 □有 何种乐器：＿＿＿＿＿＿＿＿

最后悔的事：＿＿＿＿＿＿＿＿ 为什么：＿＿＿＿＿＿＿＿

特别的天赋：＿＿＿＿＿＿＿＿

家族传统：□无 □有 是什么：＿＿＿＿＿＿＿＿

与另一部电影中角色的联系：＿＿＿＿＿＿＿＿

为什么：＿＿＿＿＿＿＿＿

角色发展工作表 1

剧本／项目：________________ 日期：________

姓名：________________

年龄：________ 身高：________ 种族：______ □男性 □女性

昵称：________________ 穿衣风格：________________

发型：________________ 眼镜：________________

肤色：________ 眼睛颜色：________ 头发颜色：________

体重／体型：________________

情感状态：________________

职业：________________ 收入：________________

工作地点：________________ 交通工具：________________

婚姻状况：________________

孩子（数量和名字）：________________

家庭信息：________________

宠物：________________ 政治党派：________________

死对头：________________

为什么：________________

爱好：________________

怪癖／缺点：________________

其他信息：________________

如果你可以选择，要谁扮演这个角色：________________

角色发展工作表 2

剧本／项目：________________ 日期：________

最喜欢的音乐风格：________________ 乐队：________________

最喜欢去的地方：________________________________

最喜欢的电影／书：________________ 为什么：________________

最好的朋友：________________ 为什么：________________

最喜欢的数字：________ 最喜欢吃的：________ 最讨厌吃的：________

过敏症状或者身体缺陷：□无 □有 是什么：________ 多久了：________

依赖药物：□无 □有 为什么：________ 多久了：________

犯罪记录：□无 □有 为什么：________________

宗教信仰：□无 □有 是什么：________________

教育程度：________________________________

在他／她身上发生过的奇怪的事：________________________________

____

____

还未实现的个人目标：________________________________

____

最害怕：________________ 为什么：________________

____

最强长处：________________ 弱点：________________

他／她认为自己十年后是什么样子的：________________________

____

____

性幻想／偏爱：________________________________

____

音乐天赋：□无 □有 何种乐器：________________

最后悔的事：________________ 为什么：________________

____

特别的天赋：________________________________

家族传统：□无 □有 是什么：________________

____

与另一部电影中角色的联系：________________________

为什么：________________________________

角色发展工作表 1

剧本／项目：______________________ 日期：____________

姓名：______________________

年龄：__________ 身高：__________ 种族：________ □男性 □女性

昵称：__________ 穿衣风格：__________

发型：__________ 眼镜：__________

肤色：__________ 眼睛颜色：__________ 头发颜色：__________

体重／体型：______________________

情感状态：______________________

职业：__________ 收入：__________

工作地点：__________ 交通工具：__________

婚姻状况：______________________

孩子（数量和名字）：______________________

家庭信息：______________________

____

____

____

宠物：__________ 政治党派：__________

死对头：______________________

为什么：______________________

爱好：______________________

____

____

怪癖／缺点：______________________

____

____

____

其他信息：______________________

____

____

____

____

如果你可以选择，要谁扮演这个角色：______________________

The Screenplay Workbook

角色发展工作表 2

剧本／项目：______________________ 日期：__________

最喜欢的音乐风格：______________ 乐队：______________

最喜欢去的地方：______________________

最喜欢的电影／书：______________ 为什么：______________

最好的朋友：______________ 为什么：______________

最喜欢的数字：__________ 最喜欢吃的：__________ 最讨厌吃的：__________

过敏症状或者身体缺陷：□无 □有 是什么：__________ 多久了：__________

依赖药物：□无 □有 为什么：__________ 多久了：__________

犯罪记录：□无 □有 为什么：______________

宗教信仰：□无 □有 是什么：______________

教育程度：______________________

在他／她身上发生过的奇怪的事：______________________

____

____

还未实现的个人目标：______________________

____

最害怕：______________ 为什么：______________

____

最强长处：______________ 弱点：______________

他／她认为自己十年后是什么样子的：______________________

____

____

性幻想／偏爱：______________________

____

音乐天赋：□无 □有 何种乐器：______________

最后悔的事：______________ 为什么：______________

____

特别的天赋：______________________

家族传统：□无 □有 是什么：______________

____

与另一部电影中角色的联系：______________________

为什么：______________________

角色发展工作表 1

剧本／项目：________ 日期：________

姓名：________

年龄：________ 身高：________ 种族：________ □男性 □女性

昵称：________ 穿衣风格：________

发型：________ 眼镜：________

肤色：________ 眼睛颜色：________ 头发颜色：________

体重／体型：________

情感状态：________

职业：________ 收入：________

工作地点：________ 交通工具：________

婚姻状况：________

孩子（数量和名字）：________

家庭信息：________

宠物：________ 政治党派：________

死对头：________

为什么：________

爱好：________

怪癖／缺点：________

其他信息：________

如果你可以选择，要谁扮演这个角色：________

角色发展工作表 2

剧本／项目：________________ 日期：________

最喜欢的音乐风格：________________ 乐队：________________

最喜欢去的地方：________________

最喜欢的电影／书：________________ 为什么：________________

最好的朋友：________________ 为什么：________________

最喜欢的数字：________ 最喜欢吃的：________ 最讨厌吃的：________

过敏症状或者身体缺陷：□无 □有 是什么：________ 多久了：________

依赖药物：□无 □有 为什么：________ 多久了：________

犯罪记录：□无 □有 为什么：________________

宗教信仰：□无 □有 是什么：________________

教育程度：________________

在他／她身上发生过的奇怪的事：________________

____

____

还未实现的个人目标：________________

____

最害怕：________________ 为什么：________________

____

最强长处：________________ 弱点：________________

他／她认为自己十年后是什么样子的：________________

____

____

性幻想／偏爱：________________

____

音乐天赋：□无 □有 何种乐器：________________

最后悔的事：________________ 为什么：________________

____

特别的天赋：________________

家族传统：□无 □有 是什么：________________

____

与另一部电影中角色的联系：________________

为什么：________________

角色发展工作表 1

剧本／项目：______________________ 日期：__________

姓名：______________________

年龄：__________ 身高：__________ 种族：______ □男性 □女性

昵称：__________ 穿衣风格：__________

发型：__________ 眼镜：__________

肤色：__________ 眼睛颜色：__________ 头发颜色：__________

体重／体型：______________________

情感状态：______________________

职业：__________ 收入：__________

工作地点：__________ 交通工具：__________

婚姻状况：______________________

孩子（数量和名字）：______________________

家庭信息：______________________

____

____

____

宠物：__________ 政治党派：__________

死对头：______________________

为什么：______________________

爱好：______________________

____

____

怪癖／缺点：______________________

____

____

____

其他信息：______________________

____

____

____

____

如果你可以选择，要谁扮演这个角色：______________________

角色发展工作表 2

剧本／项目：________________ 日期：________

最喜欢的音乐风格：________________ 乐队：________________

最喜欢去的地方：________________

最喜欢的电影／书：________________ 为什么：________________

最好的朋友：________________ 为什么：________________

最喜欢的数字：________ 最喜欢吃的：________ 最讨厌吃的：________

过敏症状或者身体缺陷：□无 □有 是什么：________ 多久了：________

依赖药物：□无 □有 为什么：________ 多久了：________

犯罪记录：□无 □有 为什么：________________

宗教信仰：□无 □有 是什么：________________

教育程度：________________

在他／她身上发生过的奇怪的事：________________

____

____

还未实现的个人目标：________________

____

最害怕：________________ 为什么：________________

____

最强长处：________________ 弱点：________________

他／她认为自己十年后是什么样子的：________________

____

____

性幻想／偏爱：________________

____

音乐天赋：□无 □有 何种乐器：________________

最后悔的事：________________ 为什么：________________

____

特别的天赋：________________

家族传统：□无 □有 是什么：________________

____

与另一部电影中角色的联系：________________

为什么：________________

角色发展工作表 1

剧本／项目：________________ 日期：________

姓名：________________

年龄：________ 身高：________ 种族：______ □男性 □女性

昵称：________________ 穿衣风格：________________

发型：________________ 眼镜：________________

肤色：________ 眼睛颜色：________ 头发颜色：________

体重／体型：________________

情感状态：________________

职业：________________ 收入：________________

工作地点：________________ 交通工具：________________

婚姻状况：________________

孩子（数量和名字）：________________

家庭信息：________________

____

____

____

宠物：________________ 政治党派：________________

死对头：________________

为什么：________________

爱好：________________

____

____

怪癖／缺点：________________

____

____

____

其他信息：________________

____

____

____

____

如果你可以选择，要谁扮演这个角色：________________

角色发展工作表 2

剧本／项目：______ 日期：______

最喜欢的音乐风格：______ 乐队：______

最喜欢去的地方：______

最喜欢的电影／书：______ 为什么：______

最好的朋友：______ 为什么：______

最喜欢的数字：______ 最喜欢吃的：______ 最讨厌吃的：______

过敏症状或者身体缺陷：□无 □有 是什么：______ 多久了：______

依赖药物：□无 □有 为什么：______ 多久了：______

犯罪记录：□无 □有 为什么：______

宗教信仰：□无 □有 是什么：______

教育程度：______

在他／她身上发生过的奇怪的事：______

还未实现的个人目标：______

最害怕：______ 为什么：______

最强长处：______ 弱点：______

他／她认为自己十年后是什么样子的：______

性幻想／偏爱：______

音乐天赋：□无 □有 何种乐器：______

最后悔的事：______ 为什么：______

特别的天赋：______

家族传统：□无 □有 是什么：______

与另一部电影中角色的联系：______

为什么：______

角色发展工作表 1

剧本／项目：______________________ 日期：__________

姓名：______________________

年龄：________ 身高：________ 种族：______ □男性 □女性

昵称：______________ 穿衣风格：______________

发型：______________ 眼镜：______________

肤色：________ 眼睛颜色：________ 头发颜色：________

体重／体型：______________________

情感状态：______________________

职业：______________ 收入：______________

工作地点：______________ 交通工具：______________

婚姻状况：______________________

孩子（数量和名字）：______________________

家庭信息：______________________

____

____

____

宠物：______________ 政治党派：______________

死对头：______________________

为什么：______________________

爱好：______________________

____

____

怪癖／缺点：______________________

____

____

____

其他信息：______________________

____

____

____

____

如果你可以选择，要谁扮演这个角色：______________________

角色发展工作表 2

剧本／项目：________________ 日期：________

最喜欢的音乐风格：________________ 乐队：________________

最喜欢去的地方：________________________________

最喜欢的电影／书：________________ 为什么：________________

最好的朋友：________________ 为什么：________________

最喜欢的数字：__________ 最喜欢吃的：__________ 最讨厌吃的：__________

过敏症状或者身体缺陷：□无 □有 是什么：__________ 多久了：__________

依赖药物：□无 □有 为什么：__________ 多久了：__________

犯罪记录：□无 □有 为什么：________________

宗教信仰：□无 □有 是什么：________________

教育程度：________________________________

在他／她身上发生过的奇怪的事：________________________________

____

____

还未实现的个人目标：________________________________

____

最害怕：________________ 为什么：________________

____

最强长处：________________ 弱点：________________

他／她认为自己十年后是什么样子的：________________________________

____

____

性幻想／偏爱：________________________________

____

音乐天赋：□无 □有 何种乐器：________________

最后悔的事：________________ 为什么：________________

____

特别的天赋：________________________________

家族传统：□无 □有 是什么：________________

____

与另一部电影中角色的联系：________________________________

为什么：________________________________

角色发展工作表 1

剧本／项目：______________________ 日期：__________

姓名：______________________

年龄：________ 身高：________ 种族：________ □男性 □女性

昵称：________________ 穿衣风格：________________

发型：________________ 眼镜：________________

肤色：________ 眼睛颜色：________ 头发颜色：________

体重／体型：______________________

情感状态：______________________

职业：________________ 收入：________________

工作地点：________________ 交通工具：________________

婚姻状况：______________________

孩子（数量和名字）：______________________

家庭信息：______________________

____

____

____

宠物：________________ 政治党派：________________

死对头：______________________

为什么：______________________

爱好：______________________

____

____

怪癖／缺点：______________________

____

____

____

其他信息：______________________

____

____

____

____

如果你可以选择，要谁扮演这个角色：______________________

角色发展工作表 2

剧本／项目：＿＿＿＿＿＿＿＿ 日期：＿＿＿＿

最喜欢的音乐风格：＿＿＿＿＿＿＿＿ 乐队：＿＿＿＿＿＿＿＿

最喜欢去的地方：＿＿＿＿＿＿＿＿

最喜欢的电影／书：＿＿＿＿＿＿＿＿ 为什么：＿＿＿＿＿＿＿＿

最好的朋友：＿＿＿＿＿＿＿＿ 为什么：＿＿＿＿＿＿＿＿

最喜欢的数字：＿＿＿＿ 最喜欢吃的：＿＿＿＿ 最讨厌吃的：＿＿＿＿

过敏症状或者身体缺陷：□无 □有 是什么：＿＿＿＿ 多久了：＿＿＿＿

依赖药物：□无 □有 为什么：＿＿＿＿ 多久了：＿＿＿＿

犯罪记录：□无 □有 为什么：＿＿＿＿＿＿＿＿

宗教信仰：□无 □有 是什么：＿＿＿＿＿＿＿＿

教育程度：＿＿＿＿＿＿＿＿

在他／她身上发生过的奇怪的事：＿＿＿＿＿＿＿＿

＿＿＿＿＿＿＿＿

＿＿＿＿＿＿＿＿

还未实现的个人目标：＿＿＿＿＿＿＿＿

＿＿＿＿＿＿＿＿

最害怕：＿＿＿＿＿＿＿＿ 为什么：＿＿＿＿＿＿＿＿

＿＿＿＿＿＿＿＿

最强长处：＿＿＿＿＿＿＿＿ 弱点：＿＿＿＿＿＿＿＿

他／她认为自己十年后是什么样子的：＿＿＿＿＿＿＿＿

＿＿＿＿＿＿＿＿

＿＿＿＿＿＿＿＿

性幻想／偏爱：＿＿＿＿＿＿＿＿

＿＿＿＿＿＿＿＿

音乐天赋：□无 □有 何种乐器：＿＿＿＿＿＿＿＿

最后悔的事：＿＿＿＿＿＿＿＿ 为什么：＿＿＿＿＿＿＿＿

＿＿＿＿＿＿＿＿

特别的天赋：＿＿＿＿＿＿＿＿

家族传统：□无 □有 是什么：＿＿＿＿＿＿＿＿

＿＿＿＿＿＿＿＿

与另一部电影中角色的联系：＿＿＿＿＿＿＿＿

为什么：＿＿＿＿＿＿＿＿

角色发展工作表 1

剧本／项目：＿＿＿＿＿＿＿＿＿＿ 日期：＿＿＿＿＿

姓名：＿＿＿＿＿＿＿＿＿＿

年龄：＿＿＿＿ 身高：＿＿＿＿ 种族：＿＿＿ □男性 □女性

昵称：＿＿＿＿＿＿＿＿ 穿衣风格：＿＿＿＿＿＿

发型：＿＿＿＿＿＿＿＿ 眼镜：＿＿＿＿＿＿

肤色：＿＿＿＿ 眼睛颜色：＿＿＿＿ 头发颜色：＿＿＿＿

体重／体型：＿＿＿＿＿＿＿＿＿＿

情感状态：＿＿＿＿＿＿＿＿＿＿

职业：＿＿＿＿＿＿＿＿ 收入：＿＿＿＿＿＿

工作地点：＿＿＿＿＿＿＿ 交通工具：＿＿＿＿＿＿

婚姻状况：＿＿＿＿＿＿＿＿＿＿

孩子（数量和名字）：＿＿＿＿＿＿＿＿

家庭信息：＿＿＿＿＿＿＿＿＿＿

宠物：＿＿＿＿＿＿＿＿ 政治党派：＿＿＿＿＿＿

死对头：＿＿＿＿＿＿＿＿＿＿

为什么：＿＿＿＿＿＿＿＿＿＿

爱好：＿＿＿＿＿＿＿＿＿＿

怪癖／缺点：＿＿＿＿＿＿＿＿＿＿

其他信息：＿＿＿＿＿＿＿＿＿＿

如果你可以选择，要谁扮演这个角色：＿＿＿＿＿＿＿＿

角色发展工作表 2

剧本／项目：______ 日期：______

最喜欢的音乐风格：______ 乐队：______

最喜欢去的地方：______

最喜欢的电影／书：______ 为什么：______

最好的朋友：______ 为什么：______

最喜欢的数字：______ 最喜欢吃的：______ 最讨厌吃的：______

过敏症状或者身体缺陷：□无 □有 是什么：______ 多久了：______

依赖药物：□无 □有 为什么：______ 多久了：______

犯罪记录：□无 □有 为什么：______

宗教信仰：□无 □有 是什么：______

教育程度：______

在他／她身上发生过的奇怪的事：______

______

______

还未实现的个人目标：______

______

最害怕：______ 为什么：______

______

最强长处：______ 弱点：______

他／她认为自己十年后是什么样子的：______

______

______

性幻想／偏爱：______

______

音乐天赋：□无 □有 何种乐器：______

最后悔的事：______ 为什么：______

______

特别的天赋：______

家族传统：□无 □有 是什么：______

______

与另一部电影中角色的联系：______

为什么：______

角色发展工作表 1

剧本／项目：________________ 日期：__________

姓名：________________

年龄：________ 身高：________ 种族：______ □男性 □女性

昵称：____________ 穿衣风格：____________

发型：____________ 眼镜：____________

肤色：________ 眼睛颜色：________ 头发颜色：________

体重／体型：________________

情感状态：________________

职业：____________ 收入：____________

工作地点：____________ 交通工具：____________

婚姻状况：________________

孩子（数量和名字）：________________

家庭信息：________________

宠物：____________ 政治党派：____________

死对头：________________

为什么：________________

爱好：________________

怪癖／缺点：________________

其他信息：________________

如果你可以选择，要谁扮演这个角色：________________

角色发展工作表 2

剧本／项目：________________________________ 日期：________________

最喜欢的音乐风格：____________________ 乐队：________________________

最喜欢去的地方：____

最喜欢的电影／书：____________________ 为什么：______________________

最好的朋友：________________________ 为什么：______________________

最喜欢的数字：____________ 最喜欢吃的：____________ 最讨厌吃的：____________

过敏症状或者身体缺陷：□无 □有 是什么：____________ 多久了：____________

依赖药物： □无 □有 为什么：____________ 多久了：____________

犯罪记录： □无 □有 为什么：________________________________

宗教信仰： □无 □有 是什么：________________________________

教育程度：____

在他／她身上发生过的奇怪的事：________________________________

____

____

还未实现的个人目标：____

____

最害怕：________________________ 为什么：________________________

____

最强长处：______________________ 弱点：__________________________

他／她认为自己十年后是什么样子的：______________________________

____

____

性幻想／偏爱：____

____

音乐天赋： □无 □有 何种乐器：________________________________

最后悔的事：______________________ 为什么：______________________

____

特别的天赋：____

家族传统： □无 □有 是什么：________________________________

____

与另一部电影中角色的联系：______________________________________

为什么：____

角色发展工作表 1

剧本／项目：________________ 日期：________________

姓名：________________

年龄：________ 身高：________ 种族：________ □男性 □女性

昵称：________________ 穿衣风格：________________

发型：________________ 眼镜：________________

肤色：________ 眼睛颜色：________ 头发颜色：________

体重／体型：________________

情感状态：________________

职业：________________ 收入：________________

工作地点：________________ 交通工具：________________

婚姻状况：________________

孩子（数量和名字）：________________

家庭信息：________________

宠物：________________ 政治党派：________________

死对头：________________

为什么：________________

爱好：________________

怪癖／缺点：________________

其他信息：________________

如果你可以选择，要谁扮演这个角色：________________

角色发展工作表 2

剧本／项目：________________ 日期：________

最喜欢的音乐风格：________________ 乐队：________________

最喜欢去的地方：________________

最喜欢的电影／书：________________ 为什么：________________

最好的朋友：________________ 为什么：________________

最喜欢的数字：________ 最喜欢吃的：________ 最讨厌吃的：________

过敏症状或者身体缺陷：□无 □有 是什么：________ 多久了：________

依赖药物：□无 □有 为什么：________ 多久了：________

犯罪记录：□无 □有 为什么：________________

宗教信仰：□无 □有 是什么：________________

教育程度：________________

在他／她身上发生过的奇怪的事：________________

____

____

还未实现的个人目标：________________

____

最害怕：________________ 为什么：________________

____

最强长处：________________ 弱点：________________

他／她认为自己十年后是什么样子的：________________

____

____

性幻想／偏爱：________________

____

音乐天赋：□无 □有 何种乐器：________________

最后悔的事：________________ 为什么：________________

____

特别的天赋：________________

家族传统：□无 □有 是什么：________________

____

与另一部电影中角色的联系：________________

为什么：________________

约翰之后就会发现，把新角色建立在与妈妈的电话交谈之上，
是个非常糟糕的主意。

第 4 章　人物关系

CHARACTER RELATIONSHIPS

除非你是个与世隔绝的隐士，否则一定会有人际关系，你的角色也是如此。尽管你剧本中最重要的人物关系应该是主角和反派之间的关系，但所有与其他角色发生互动的角色都会产生人际关系。你应该知晓角色与角色互动时可能产生的对话要点、意见分歧、相似性等。

明确的人物关系让你的角色变得全面和可信。在我们生活的每一个方面，我们所知的别人身上的某些细节塑造了我们自身的行为、讲话方式，有时甚至是思考方式。

案例 1：有些人很容易被咒骂触怒。当你知道咒骂已经激怒某人的时候，你会继续当着他们的面咒骂，还是等他们走了再说？一个喜欢咒骂的人，最有可能在为脏话所触怒的人面前停止咒骂。真实的人都这样。这也是一个好的角色应该做的（除非他们不在意冒犯其他人，或者冒犯就是他们的目标）。

案例 2：布赖恩和凯文是最好的朋友。他们在每个周六上午放 G.I. 乔斯的歌，每天一起走路上学，而且还在同一支足球队踢球。如果你跟其中一个找茬打架，他们会一起对付你。但是布赖恩有不为人知的一面，喜欢借其他孩子的玩具，假装弄丢了之后自己留着。他收集了一整套令人印象深刻的藏品。

凯文作为一个值得信赖的朋友，被布赖恩借走了他宝贵的、复古风格的“千年隼号”①模型。几周过去了，凯文没要，布赖恩也没还。在去布赖恩家拿回“千年隼号”的路上，凯文在 7/11 便利店里买了一瓶可乐，正好看见他们共同的朋友斯图，而斯图碰巧是布赖恩的“小爱好”的受害者。斯图抱怨起他丢失的玩具，并告诉凯文所有借给布赖恩玩具的孩子们都发现他们的玩具有去无回。接下来会发生什么？凯文飞快地跑回家，害怕再也见不到他的“千年隼号”？他还会把玩具交给布赖恩并感觉遭到背叛吗？他会在布赖恩的房间搜查丢失的玩具吗？之后跟可恶的布赖恩摊牌、向妈妈告状？如果你认为这些事会发生，那么在故事开始之前，布赖恩和凯文的银幕关系就要让人可感可知。

案例 3：超人和莱克斯·卢瑟②。他们最终的目标是什么？超人想要保护地球上的居民，使他们远离伤害。他代表着真实、正义，是美国式英雄。莱克斯想通过死亡、背叛和毁灭来统治这个世界。这两个角色从一开始就站在对立面上。但如果这些信息在之前被隐藏了呢？华纳兄弟推出的《超人前传》系列电视剧就把超人和莱克斯·卢瑟的经典故事改成另一个样子，两个角色在剧中尚不知晓对方将变成什么样的人。一般人知道莱克斯和克拉克会成为宿敌，就此来讲，知晓他们将来的关系非常重要。当你在创造角色的时候，尝试设想他们过去、现在和将来的人物关系，它也许可以使你的故事发展成另一个更新的、令人激动的样子。

把人物关系工作表当作一个对比图表来用。把影响你故事的两个角色分别填到两边的表格之中，看看他们之间的不同、产生的问题和相似性。你会发现你的角色有更好的互动并且更加可信。

① “千年隼号”为《星球大战》系列中著名的宇宙飞船。——译注

② 莱克斯·卢瑟是世人最为熟知的美国漫画人物之一，是超人的死对头。——译注

杰里米的独家内幕

所有编剧的共同点是什么？被拒稿。但不同的作家会以各种各样的方式应对拒绝的。你应该这样应对：忍住，接受，吸收所有评论之后再接再厉。你被拒绝是有原因的，但不太可能是审读人没有看到你的故事很棒。

如果你一定要给拒绝你的人或者机构写点什么，那就感谢他们的评论，并且询问是否还能再向他们提交剧本。他们会因为你友好的礼貌尊重你，而你可能就此创造一份有价值的关系。我曾经给拒绝我剧本的代理公司当过审读人，通过他们找到了经纪人，并且在撰写本书时得到了他们的帮助。

千万不要这样回应拒绝：写一封苛刻的信件为你自己争辩，侮辱审读人或者威胁他们的人身安全（没错，这种事情会发生）。这样做不仅会毁了所有沟通的桥梁，还会毁了尚未开始的职业生涯。

一些简单易学的指导……

对这个角色来说最主要的挑战是什么

你的角色究竟想做什么？如果他是正义的一方，是否只是想单纯地打败邪恶的一方？你的邪恶方是否要偷取核武器？就算再小的角色也是有作用的。披萨外卖员难道只想送个披萨，拿了钱就走？还是他想趁女生掏钱包的时候偷偷瞄她一眼？关键是对每个角色都要回答这样的问题。

这些人物是怎么遇见对方的

基本上就是“时间、地点、人物、做什么和怎么做”。如果他们之间产生关系，一定会有相遇的时候。尽你所能去解释其中的细节！

人物关系中是什么出了差错

即使你的两个角色是好兄弟，他们偶尔也有磕磕碰碰的时候。冲突是为了什么？

是什么使他们的关系坚固或疏远？如果你在为正派和反派填写表格，答案要很简单。为什么他们选择了不同的两面？他们以前是否当过朋友？是否经常关系紧张？

爱　好

你的角色在空闲的时候都做些什么？人们的工作很少能够反映出他们的爱好和热情所在，是兴趣塑造了他们的生活。

角色的最终目标是什么

这很基础。你的主角是想拯救还是毁灭这个世界？有点夸张地讲，这个问题可以将你的角色完全暴露在阳光之下，驱动他们的每一个动作和每一句话。

主要信仰

通常来讲，角色的特征是由其信仰决定的。某些复杂的角色一度打破自己的原则，藐视自己的信仰。历史上很多大事件都是由于信仰或者缺乏信仰导致的。这就是为什么我们对此充满激情，甚至愿意为它付出生命。如果你了解自己角色的信仰，就已经比其他人做得好了。

剧本／项目：________________________________ 日期：________________

正面角色 / 正派	反面角色 / 反派
姓名：	姓名：
角色的主要挑战是什么？	角色的主要挑战是什么？
角色怎样相遇？	
人物关系中是什么出了差错／变化？	人物关系中是什么出了差错／变化？
爱好：	爱好：
角色最终目标：	角色最终目标：
角色主要信仰：	角色主要信仰：

剧本／项目：________________ 日期：__________

正面角色 / 正派	反面角色 / 反派
姓名：	姓名：
角色的主要挑战是什么？	角色的主要挑战是什么？
角色怎样相遇？	
人物关系中是什么出了差错／变化？	人物关系中是什么出了差错／变化？
爱好：	爱好：
角色最终目标：	角色最终目标：
角色主要信仰：	角色主要信仰：

人物关系工作表

剧本／项目：________________　日期：________________

正面角色 / 正派	反面角色 / 反派
姓名：	姓名：
角色的主要挑战是什么？	角色的主要挑战是什么？
角色怎样相遇？	
人物关系中是什么出了差错／变化？	人物关系中是什么出了差错／变化？
爱好：	爱好：
角色最终目标：	角色最终目标：
角色主要信仰：	角色主要信仰：

The Screenplay Workbook

人物关系工作表

剧本／项目：________________ 日期：________

正面角色 / 正派	**反面角色 / 反派**
姓名：	姓名：
角色的主要挑战是什么？	角色的主要挑战是什么？
角色怎样相遇？	
人物关系中是什么出了差错／变化？	人物关系中是什么出了差错／变化？
爱好：	爱好：
角色最终目标：	角色最终目标：
角色主要信仰：	角色主要信仰：

人物关系工作表

剧本／项目：______________________ 日期：__________

正面角色 / 正派	反面角色 / 反派
姓名：	姓名：
角色的主要挑战是什么？	角色的主要挑战是什么？
角色怎样相遇？	
人物关系中是什么出了差错／变化？	人物关系中是什么出了差错／变化？
爱好：	爱好：
角色最终目标：	角色最终目标：
角色主要信仰：	角色主要信仰：

人物关系工作表

剧本／项目：________________________ 日期：____________

正面角色 / 正派	反面角色 / 反派
姓名：	姓名：
角色的主要挑战是什么？	角色的主要挑战是什么？
角色怎样相遇？	
人物关系中是什么出了差错／变化？	人物关系中是什么出了差错／变化？
爱好：	爱好：
角色最终目标：	角色最终目标：
角色主要信仰：	角色主要信仰：

人物关系工作表

剧本／项目：________________ 日期：________________

正面角色 / 正派	反面角色 / 反派
姓名：	姓名：
角色的主要挑战是什么？	角色的主要挑战是什么？
角色怎样相遇？	
人物关系中是什么出了差错／变化？	人物关系中是什么出了差错／变化？
爱好：	爱好：
角色最终目标：	角色最终目标：
角色主要信仰：	角色主要信仰：

The Screenplay Workbook

人物关系工作表

剧本／项目：______________________ 日期：______________

正面角色 / 正派	反面角色 / 反派
姓名：	姓名：
角色的主要挑战是什么？	角色的主要挑战是什么？
角色怎样相遇？	
人物关系中是什么出了差错／变化？	人物关系中是什么出了差错／变化？
爱好：	爱好：
角色最终目标：	角色最终目标：
角色主要信仰：	角色主要信仰：

人物关系工作表

剧本／项目：________________　日期：________

正面角色 / 正派	反面角色 / 反派
姓名：	姓名：
角色的主要挑战是什么？	角色的主要挑战是什么？
角色怎样相遇？	
人物关系中是什么出了差错／变化？	人物关系中是什么出了差错／变化？
爱好：	爱好：
角色最终目标：	角色最终目标：
角色主要信仰：	角色主要信仰：

The Screenplay Workbook

人物关系工作表

剧本／项目：______ 日期：______

正面角色 / 正派	反面角色 / 反派
姓名：	姓名：
角色的主要挑战是什么？	角色的主要挑战是什么？
角色怎样相遇？	
人物关系中是什么出了差错／变化？	人物关系中是什么出了差错／变化？
爱好：	爱好：
角色最终目标：	角色最终目标：
角色主要信仰：	角色主要信仰：

The Screenplay Workbook

人物关系工作表

剧本／项目：______________________________ 日期：________________

正面角色 / 正派	反面角色 / 反派
姓名：	姓名：
角色的主要挑战是什么？	角色的主要挑战是什么？
角色怎样相遇？	
人物关系中是什么出了差错／变化？	人物关系中是什么出了差错／变化？
爱好：	爱好：
角色最终目标：	角色最终目标：
角色主要信仰：	角色主要信仰：

人物关系工作表

剧本／项目：________________________　日期：____________

正面角色 / 正派	反面角色 / 反派
姓名：	姓名：
角色的主要挑战是什么？	角色的主要挑战是什么？
角色怎样相遇？	
人物关系中是什么出了差错／变化？	人物关系中是什么出了差错／变化？
爱好：	爱好：
角色最终目标：	角色最终目标：
角色主要信仰：	角色主要信仰：

人物关系工作表

剧本／项目：______________________________ 日期：______________

正面角色 / 正派	反面角色 / 反派
姓名：	姓名：
角色的主要挑战是什么？	角色的主要挑战是什么？
角色怎样相遇？	
人物关系中是什么出了差错／变化？	人物关系中是什么出了差错／变化？
爱好：	爱好：
角色最终目标：	角色最终目标：
角色主要信仰：	角色主要信仰：

人物关系工作表

剧本／项目：________________ 日期：________________

正面角色 / 正派	反面角色 / 反派
姓名：	姓名：
角色的主要挑战是什么？	角色的主要挑战是什么？
角色怎样相遇？	
人物关系中是什么出了差错／变化？	人物关系中是什么出了差错／变化？
爱好：	爱好：
角色最终目标：	角色最终目标：
角色主要信仰：	角色主要信仰：

人物关系工作表

剧本／项目：________________ 日期：________________

正面角色 / 正派	反面角色 / 反派
姓名：	姓名：
角色的主要挑战是什么？	角色的主要挑战是什么？
角色怎样相遇？	
人物关系中是什么出了差错／变化？	人物关系中是什么出了差错／变化？
爱好：	爱好：
角色最终目标：	角色最终目标：
角色主要信仰：	角色主要信仰：

人物关系工作表

剧本／项目：________________________________ 日期：________________

<table>
<tr><th>正面角色 / 正派</th><th>反面角色 / 反派</th></tr>
<tr><td>姓名：</td><td>姓名：</td></tr>
<tr><td>角色的主要挑战是什么？</td><td>角色的主要挑战是什么？</td></tr>
<tr><td colspan="2">角色怎样相遇？</td></tr>
<tr><td>人物关系中是什么出了差错／变化？</td><td>人物关系中是什么出了差错／变化？</td></tr>
<tr><td>爱好：</td><td>爱好：</td></tr>
<tr><td>角色最终目标：</td><td>角色最终目标：</td></tr>
<tr><td>角色主要信仰：</td><td>角色主要信仰：</td></tr>
</table>

人物关系工作表

剧本／项目：

日期：

正面角色／正派	反面角色／反派
姓名：	姓名：
角色的主要挑战是什么？	角色的主要挑战是什么？
角色怎样相遇？	
人物关系中是什么出了差错／变化？	人物关系中是什么出了差错／变化？
爱好：	爱好：
角色最终目标：	角色最终目标：
角色主要信仰：	角色主要信仰：

人物关系工作表

剧本／项目：______________________________ 日期：______________

正面角色 / 正派	反面角色 / 反派
姓名：	姓名：
角色的主要挑战是什么?	角色的主要挑战是什么?
角色怎样相遇?	
人物关系中是什么出了差错／变化?	人物关系中是什么出了差错／变化?
爱好：	爱好：
角色最终目标：	角色最终目标：
角色主要信仰：	角色主要信仰：

The Screenplay Workbook

人物关系工作表

剧本／项目：______________________________ 日期：______________

正面角色 / 正派	反面角色 / 反派
姓名：	姓名：
角色的主要挑战是什么？	角色的主要挑战是什么？
角色怎样相遇？	
人物关系中是什么出了差错／变化？	人物关系中是什么出了差错／变化？
爱好：	爱好：
角色最终目标：	角色最终目标：
角色主要信仰：	角色主要信仰：

人物关系工作表

剧本／项目：＿＿＿＿＿＿＿＿ 日期：＿＿＿＿＿＿

正面角色／正派	反面角色／反派
姓名：	姓名：
角色的主要挑战是什么？	角色的主要挑战是什么？
角色怎样相遇？	
人物关系中是什么出了差错／变化？	人物关系中是什么出了差错／变化？
爱好：	爱好：
角色最终目标：	角色最终目标：
角色主要信仰：	角色主要信仰：

人物关系工作表

剧本／项目：________________ 日期：________________

正面角色 / 正派	反面角色 / 反派
姓名：	姓名：
角色的主要挑战是什么？	角色的主要挑战是什么？
角色怎样相遇？	
人物关系中是什么出了差错／变化？	人物关系中是什么出了差错／变化？
爱好：	爱好：
角色最终目标：	角色最终目标：
角色主要信仰：	角色主要信仰：

人物关系工作表

剧本／项目：________________ 日期：__________

正面角色 / 正派	反面角色 / 反派
姓名：	姓名：
角色的主要挑战是什么？	角色的主要挑战是什么？
角色怎样相遇？	
人物关系中是什么出了差错／变化？	人物关系中是什么出了差错／变化？
爱好：	爱好：
角色最终目标：	角色最终目标：
角色主要信仰：	角色主要信仰：

电脑知道这一天会到来，因为约翰安装了超贵的“极易使用”故事发展软件。

第 5 章　情节架构

PLOT STRUCTURE

假设你的故事是一栋摩天楼，情节就是钢筋架构，是将所有文学元素整合到一起成为天衣无缝的结构的关键。就像每一幢楼都有自己的结构标准，也可以说是建筑规范，剧本也一样。剧本可以分解为三个非常基本的单元，我们称之为“幕”（act）。第一幕、第二幕和第三幕是编剧之间的通用语言。但是一幕是由什么来组成的呢？是什么更小的元素来定义一幕中的行动呢？

我们将故事的情节架构分解为小的单元，也就是每一场。这些结构单元在剧本、书籍和戏剧中都能找到。它们是从传统的叙事（storytelling）中提取出的、经过考验的真实的故事元素；如果按照结构来写，它们会遵循一个绝对让所有人都容易理解的格式，还能够优化你的故事线。下面是关于故事情节结构融入传统的三幕戏结构的简短介绍。

第一幕：在第一幕中我们会写到阐述（exposition）和故事上升环节（rising action）。这是你故事的开始，也是介绍前情提要的时候。想象你在讲述一个发射太空梭的故事：第一阶段是点火，也就是阐述，你的故事随着“嘭”的一声开始了；第二阶段，太空梭被发射到天上，每一秒速度都在增加，你的“上升环节”会迅速到达情节点Ⅰ（在情节点工作表中可以找到），用完的燃料箱脱离太空梭，让你的故事走进第二幕。

第二幕：这幕是你剧本的中心，也是你剧本中最长的一部分。它包含了冲突（conflict）和高潮（climax）。冲突是你故事中必不可少的部分，事件开始出岔子，你的角色不得不面临挑战。你的太空梭遇上气流中止航程，正面临返回地球的威胁。高潮则是你的角色及其面临的挑战之间的最终决战，这决定了你故事的最终结果。你的角色已经准备好尽他们最后的努力矫正太空梭轨道。他们成功了，太空梭回到正轨，顺利通过情节点Ⅱ。

第三幕：这是你故事的最后部分。第一步是“平复环节”（falling action）——全体机务人员暂时安全。他们已进入太空，可以开始修复太空梭。接下来就是解决（resolution）——美国航空航天局（NASA）联络他们，恭喜宇航员们做得很好并且全部都可以升职。最后，就是结局（denouement）——你故事的结尾。不要有松散的结局，给观众展望一下未来。全体宇航员谢绝了NASA的升职机会，认为那只是天天坐在办公桌前面的工作，他们更愿意冒生命危险接受挑战，而不是困在办公室的小隔间里。他们回到地球，受到了英雄般的欢迎，回到他们至爱的家人身边。

关于情节架构上的附加信息，请见情节架构说明页面。

你们可能会说：“但我是个作家！我不能屈服于架构、规则、规范！这些东西会搞砸我的故事的！”

这样讲吧，如果你成功地写出并卖掉了一件大作，打破了规则，重写了已经存在几千年的讲述故事的结构——嘿，我为你鼓掌，你真是太棒了！但有一定概率的是你还没有卖掉你的第一部剧本，所以现在该醒醒了，冷静下来面对现实。与之相反，如果你是个专业作家，或许对架构一点抱怨也没有。就算这个情节架构是有界限的，其中也有无限大的空间可以发挥你的想象。

请随意扩大或缩小情节架构的范围。没有东西是一成不变的。勤于实验。情节架构只是一个帮助你不跑偏的参考线而已。偏离轨道太远是很难再回来的。你能想象一

杰里米的独家内幕

拼写不是所有事知道你——这句话看起来是不是很别扭？很好。那就不要在你的剧本里也这样做。好吧，你可以在第一稿里随便写。在那个阶段，你的故事比拼写和语法技巧重要多了。但是永远不要把你的第一稿发出去。检查剧本中所有的拼写和语法，而且不要只用电脑自带的拼写检查。把剧本给两个你信得过他们文学素养的人，请他们帮你检查拼写、打字错误（我请我的妻子和经纪人来检查）。然后自己再查一遍。经过这个漫长的过程之后，你可能仍旧有一两个错误，但至少不会太显眼。

你不会想要你的剧本读起来像英语不是母语一样。这会让人分心，会让人觉得你不专业。这经常会闹笑话，我曾经全程笑着读了一个应该是悲剧性的、令人震惊的场景，就因为里面的拼写和语法太差劲了。如果你想让审读人发笑，应该是情节使他们发笑而不是因为你的写作技巧和语言问题。

部没有高潮和结局的电影吗？不是每一栋摩天大楼都一样，但是每一栋建筑都要考虑重力、风力和美学标准——而且没有任何住户会在还未完成的建筑工地里生活和工作。

一些简单易学的指导……

1. 阐述（开始）

阐述是实际故事的铺垫。我们经常把它称之为“钩子”（hook）：一个能把我们拉入整个故事的有趣片段。我们或许会看到一个人物的童年创伤，或者反派角色杀了某人。不论发生什么，它为之后的故事打下了基础。

2. 上升环节

这是故事中应该出现挑战的时候。主角面临一个不可避免的挑战或者一定要打败的反派。故事在这个阶段与人物弧光工作表中的第2步非常相似，但同时包含第3－5步。

3. 冲突

这是主角正在面临挑战（或者反派）的时期。他们搜寻对方，避开对方，了解对方的弱点、热爱的事物和日程安排。这是个考验，是制造紧张感和做准备工作的时刻。

4. 高潮

这是整个故事的顶点。每个动作都时刻紧绷。情感应该是高涨的（对于角色和观众都是）。我们应该能感到所有事情都环环相扣。

5. 平复环节

高潮结束，可以松口气了。我们可以预见结局，而且开始明白故事中穿插的线索之间的联结。

6. 解决

挑战成功。反派被打败。上升环节出现的问题被解决。

7. 结局（结尾）

现在怎样了？你的角色获得成功还是失败？他们的生活是否还在继续？从今往后是否愉快地生活着？在完成他们人生中最大的挑战之后还会发生什么？用这些内容完成你的故事，给观众一个故事结束的感觉。

情节架构工作表

剧本／项目：________________ 日期：________

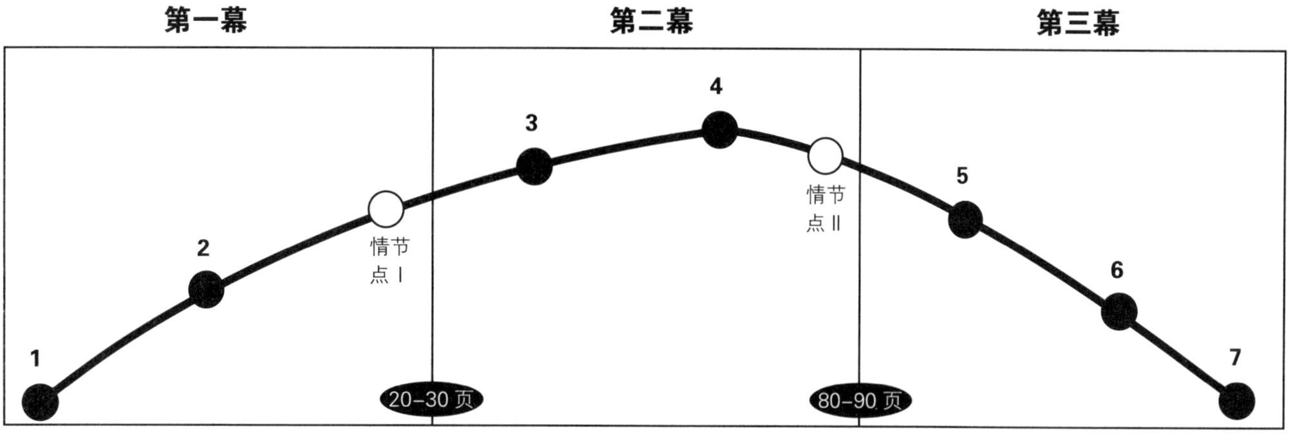

为你故事中的片段写一两句话，能够概括场景全部行动（overall action）。

1. 阐述（开始）	
2. 上升环节	
3. 冲突	
4. 高潮	
5. 平复环节	
6. 解决	
7. 结局（结尾）	

情节架构工作表

剧本／项目：________________ 日期：________

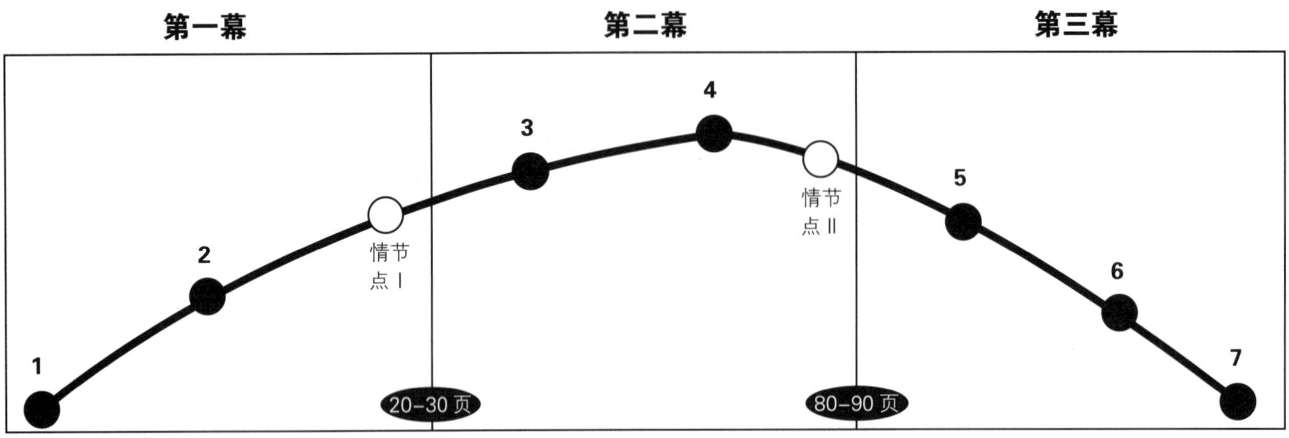

为你故事中的片段写一两句话，能够概括场景全部行动（overall action）。

1. 阐述（开始）	
2. 上升环节	
3. 冲突	
4. 高潮	
5. 平复环节	
6. 解决	
7. 结局（结尾）	

情节架构工作表

剧本／项目：________________________ 日期：____________

第一幕 第二幕 第三幕

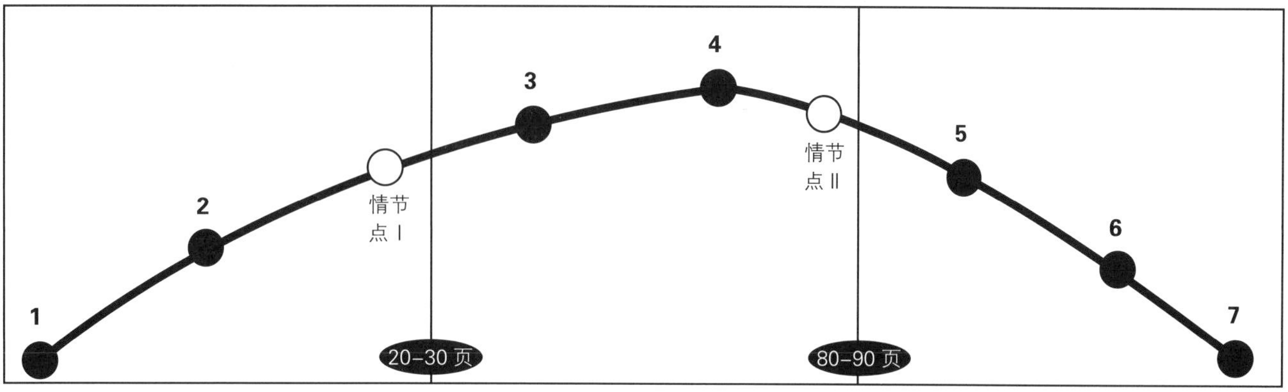

为你故事中的片段写一两句话，能够概括场景全部行动（overall action）。

1. 阐述（开始）	
2. 上升环节	
3. 冲突	
4. 高潮	
5. 平复环节	
6. 解决	
7. 结局（结尾）	

情节架构工作表

剧本／项目：________________________________ 日期：________________

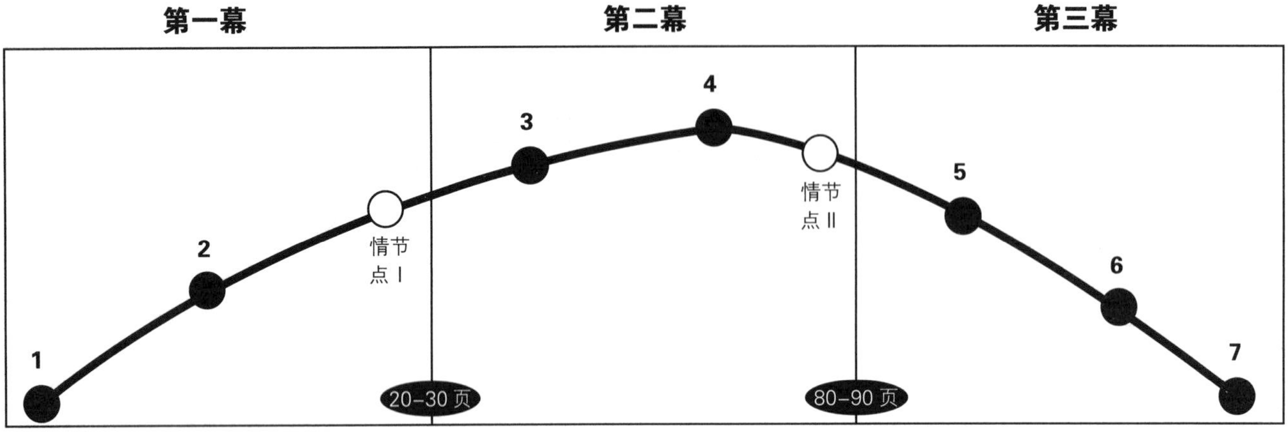

为你故事中的片段写一两句话，能够概括场景全部行动（overall action）。

1. 阐述（开始）	
2. 上升环节	
3. 冲突	
4. 高潮	
5. 平复环节	
6. 解决	
7. 结局（结尾）	

情节架构工作表

剧本／项目：________________________ 日期：____________

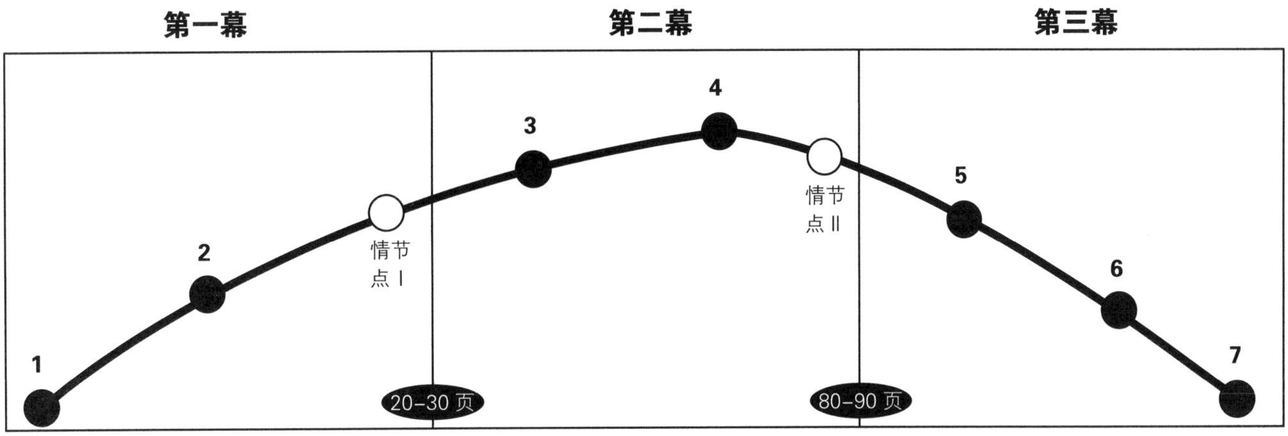

为你故事中的片段写一两句话，能够概括场景全部行动（overall action）。

1. 阐述（开始）	
2. 上升环节	
3. 冲突	
4. 高潮	
5. 平复环节	
6. 解决	
7. 结局（结尾）	

The Screenplay Workbook

情节架构工作表

剧本／项目：________________________________　日期：________________

第一幕　　　　第二幕　　　　第三幕

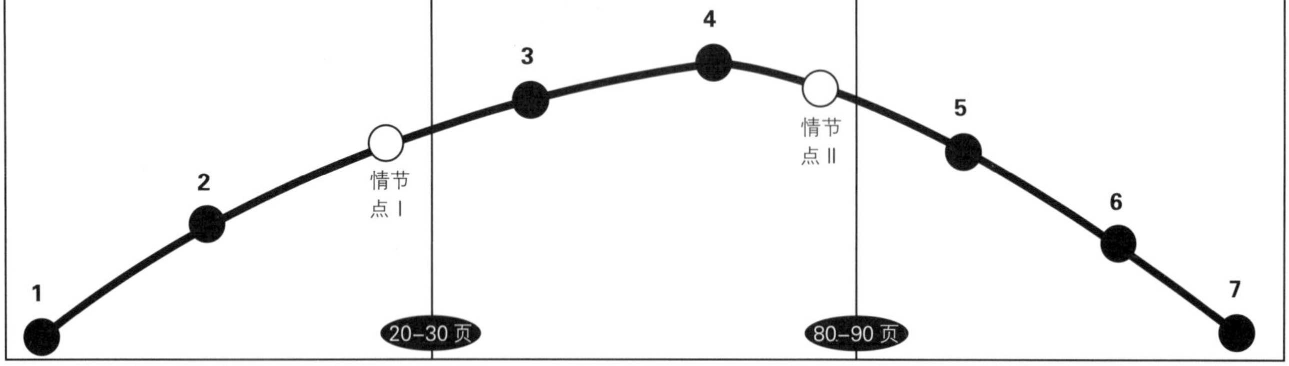

为你故事中的片段写一两句话，能够概括场景全部行动（overall action）。

1. 阐述（开始）	
2. 上升环节	
3. 冲突	
4. 高潮	
5. 平复环节	
6. 解决	
7. 结局（结尾）	

尽管很搞笑，但“把尾巴钉到情节点上的游戏”① 还是保留到作家兴趣小组周末之夜吧，而不是在真正写作的时候。

第 6 章　情节点

PLOT POINTS

情节点是剧本写作中非常基本的一部分，由情节点 I、转折点和情节点 II 等组成。好吧，你问它究竟是什么？我们已经知道情节架构是什么了，情节点又是什么呢？它们之间的区别是什么？我为何要在意情节点？情节点只有两个，“转折点”又是什么？是失效的情节点吗？

如果你没问过上面任何一个问题，那要假装问过——你之后会感激我们的！

情节点对成功的剧本至关重要。它们是塑造故事并且推动情节前进至结局的重要节点。它们对于剧本而言有特别的重要性，而且通常处于确定的页数之间。剧本就像

① 钉尾巴游戏类似于“贴鼻子”，玩家需蒙上眼睛，凭感觉把尾巴道具贴到动物图案上。——译注

编排极好的音乐剧，每一拍都落在某一刻。每次音乐渐强都可以看作是动作的起伏。情节点可以帮助编剧永远不会漏掉任何一个节拍元素。这样，作家写剧本就像指挥家每三拍挥动一下他的指挥棒一样。

“但我的剧本有150页那么多！我不可能将情节点II放在第90页！这些点根本就是假的！”

事实上，如果你的剧本超过120页（假设你没有被雇用写《泰坦尼克号》续集），你需要减少页数。绝不开玩笑。没别的法子。咬紧牙关开始删字，直到页数接近120，而且至少接近可以将情节点放进去的页数。

你可以选择写作时无视这条规则，但我们警告你，如果这样做，好莱坞所有制作人都会快速忽略你的剧本。

杰里米的独家内幕

你认为自己很狡猾？认为没有人会注意到你是如何聪明地把160页的作品变成120页的？再想想。以下是一些编剧“删减”剧本到120页的方法，你永远也不要这样做：

1.用10磅字——审读人习惯看12磅字，他们一眼就能知道字号缩小了。

2.减少页边距（顶端、底部和两边）——你的页面会看起来很挤。审读人喜欢看留白多的页面，这可以反映出“少就是多”的知识理念。

3.把一堆文字填充到大量的描述性段落里——你是在写一本剧本，不是小说。只写有用的，删掉其他没用的。

你可能认为没人会注意到的，但是上述这些技巧会让你“脱颖而出”，当然是因为不好而被挑出来的。

想不删任何内容把页面缩到120页是不可能的。如果你的剧本超过120页，也许是讲得过多了。越简洁的剧本越有力。把退格键和删除键当成你的朋友，你不会后悔的。写作过程中很重要的一部分，就是明白什么样的内容是需要删除的。

“但为什么呢？”你可能会问。因为好莱坞就是一个金钱制造机。剧本上的一页通常对应电影的一分钟。120 页的剧本在剧院里相当于两个小时的电影。加上清洁和换场的时间，一部电影的放映时间是两个半小时。电影院从上午 11 点到凌晨 1 点放电影，大约 14 个小时。14÷2.5 = 5.6。所以剧院里每天每块银幕可以放大概 6 部电影（不是所有电影都是正好 2 小时时长，大部分比这短）。但如果在你的剧本里加 30 页，也就是加 30 分钟在电影上，让我们重新算一下。14÷3 ≈ 4.7。每天每块银幕上将少放映一部电影——损失可以总计达几百万美元。除非你是一个像詹姆斯·卡梅隆或者朗·霍华德那样的大咖，否则还是把剧本保持在 120 页以下吧。这会帮你卖掉剧本并且让你的电影赚足票房。

一些简单易学的指导……

情节点 I（20 — 30 页）

情节点 I 插在你故事的第一幕和第二幕之间。你的角色认识到挑战的存在并且决定面对，他被送上径直通往目标的道路。

转折点（55 — 65 页）

转折点像道路中间的弯曲部分。周围环境转变并且你角色的目标发生了细微的或根本的改变。一度想要逃离危险的角色现在可能要向危险进发。这个新目标可以替代第一个目标，或与之并驾齐驱，或比它更加重要。

情节点 II（80 — 90 页）

情节点 II 将你的故事从第二幕带领到第三幕。通常是一个与高潮重叠的有重要意义的事件。你的角色几乎已经走到了路的尽头，开始走下坡路。它催化的一系列事件会引领整个故事走到解决问题的一步。

情节点工作表

剧本／项目：______________________ 日期：______________

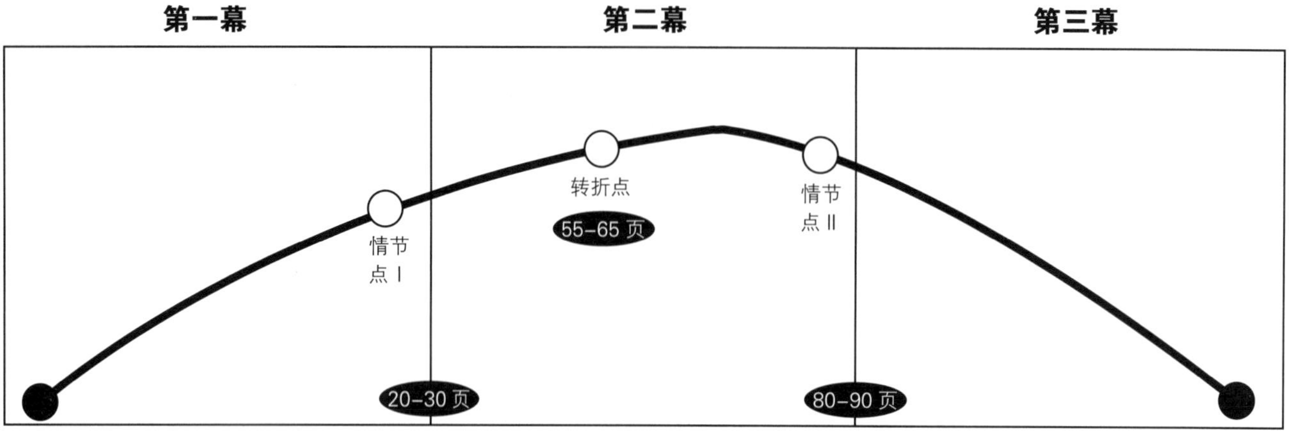

在每一个空格处写下对事件的简要描述，
说明这个事件是如何推动故事前进并且走向了一个新方向的。

情节点 I （20 — 30 页）	
转折点 （55 — 65 页）	
情节点 II （80 — 90 页）	

情节点工作表

剧本／项目：______________________ 日期：______________

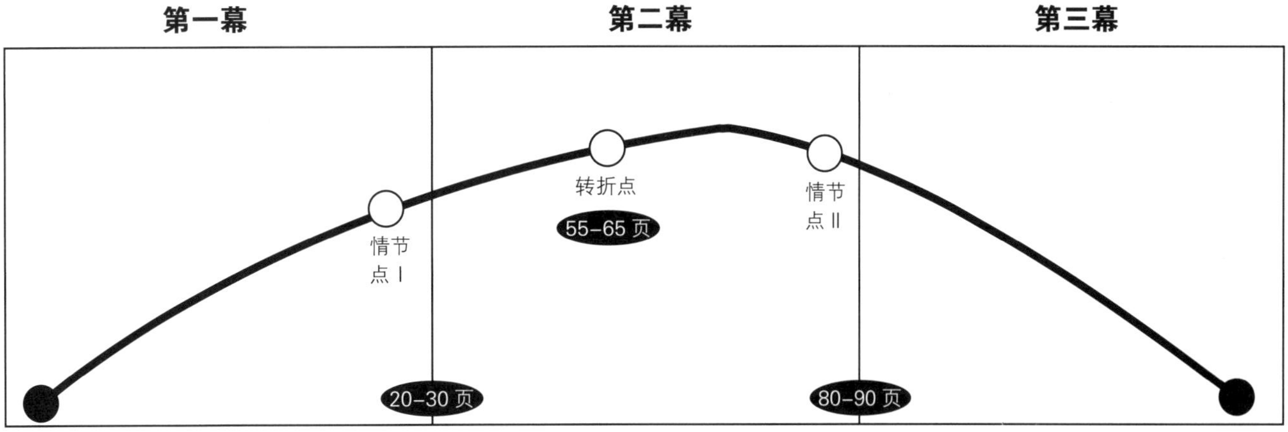

在每一个空格处写下对事件的简要描述，
说明这个事件是如何推动故事前进并且走向了一个新方向的。

情节点 I （20 — 30 页）	
转折点 （55 — 65 页）	
情节点 II （80 — 90 页）	

情节点工作表

剧本／项目：________________ 日期：________________

第一幕 第二幕 第三幕

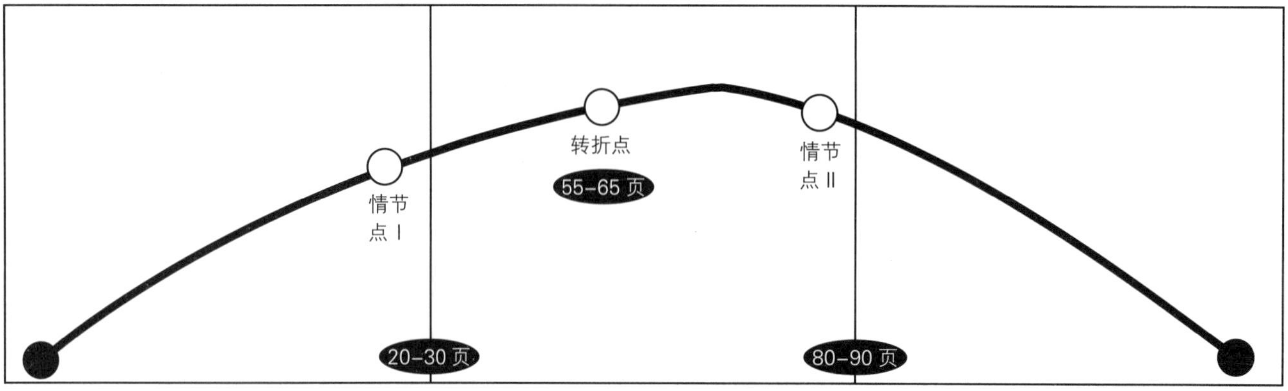

在每一个空格处写下对事件的简要描述，
说明这个事件是如何推动故事前进并且走向了一个新方向的。

情节点 I（20 — 30 页）	
转折点（55 — 65 页）	
情节点 II（80 — 90 页）	

情节点工作表

剧本／项目：________________ 日期：________________

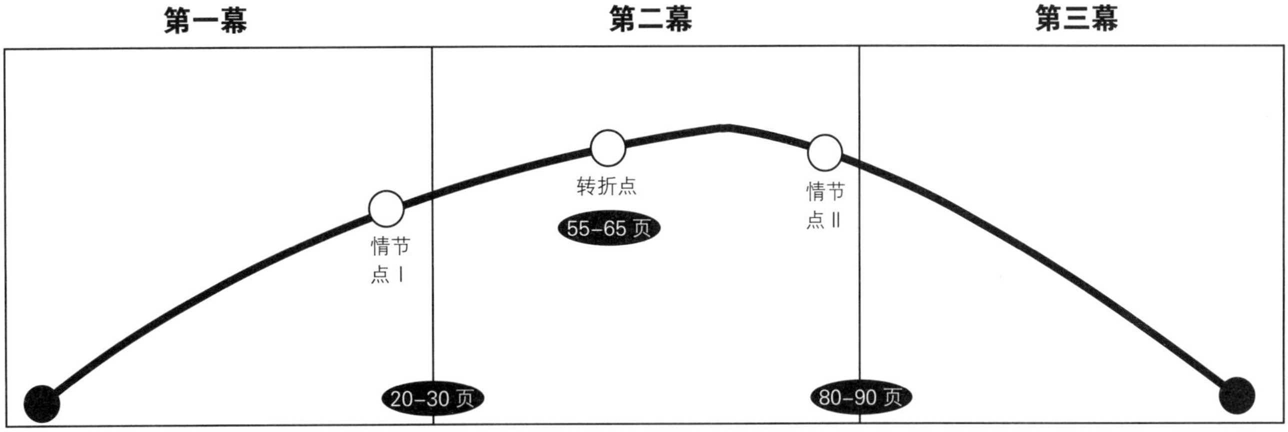

在每一个空格处写下对事件的简要描述，
说明这个事件是如何推动故事前进并且走向了一个新方向的。

情节点 I（20 — 30 页）	
转折点（55 — 65 页）	
情节点 II（80 — 90 页）	

情节点工作表

剧本／项目：________________________________ 日期：________________

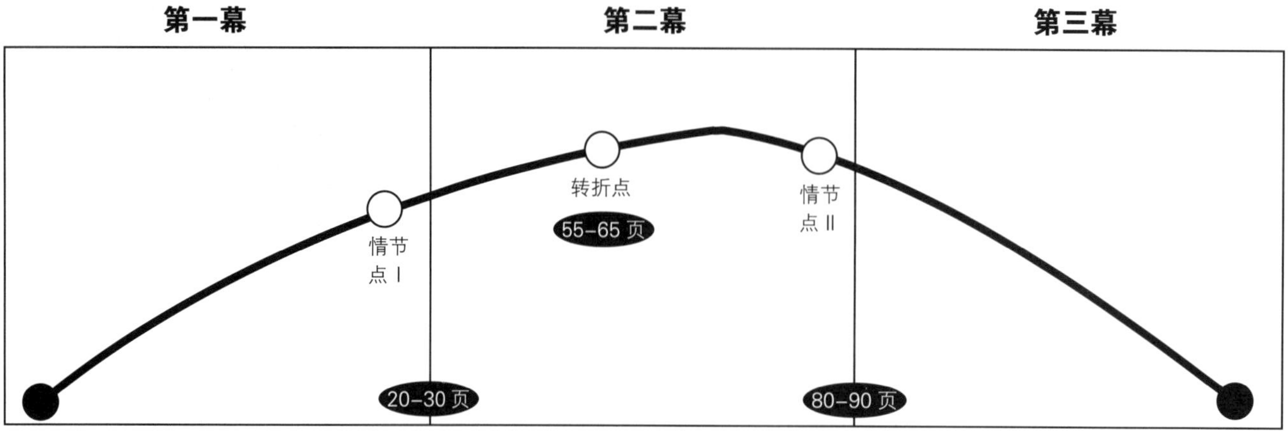

在每一个空格处写下对事件的简要描述，
说明这个事件是如何推动故事前进并且走向了一个新方向的。

情节点 I （20 — 30 页）	
转折点 （55 — 65 页）	
情节点 II （80 — 90 页）	

经过了几个小时的写作，约翰已经变得像他的角色一样扁平。

第 7 章　人物弧光

CHARACTER ARC

什么是人物弧光？它有什么好处？为何要在开始写让我变成百万富翁的票房大作的时候填人物弧光工作表？

这些都是合理的问题，但都可以轻易地被解答。人物弧光是在任何被深度挖掘的好角色中都能找到的重要元素。没有很好的角色，你的故事怎么能够成为大作？人物弧光是角色在剧本故事线中精神和物质层面上的成长（或是成长的缺乏）。好的剧本会好好利用人物弧光，并且把观众带到故事中。我们会看到角色犯的错误、感受到的恐惧和激情，之后这些角色特性将被扩展、毁灭或者持续不变。就算你的故事题材是高科技、科幻或动作——但如果角色是一成不变的，你的大作就会在下午的垃圾桶投篮游戏中被扔进垃圾桶。

人物弧光是你探索角色的蓝图。角色的发展通常与故事的进展重合。一旦你完成了人物弧光工作表，就要将它与情节点工作表进行对照，看看是否能对上。角色特性发展中的转折点是否与剧本故事线中的转折点对应呢？

想象一下，在《星球大战》卢克和达斯·维达的斗争中，卢克如果不是同时承受维达是他父亲也是敌人的事实，这该多乏味。物质和情感的元素在分离时具有冲击力，但它们合二为一时会产生更大的影响。为了之后进一步阐明情感元素和物质元素结合起来的重要性，我们将它们分列在工作表上，以便让使用表格的编剧看到物质世界是怎样影响情感世界的，或者反之。

大多数作者将角色转变分为十二个步骤，就如我们在工作表上列出的那样。关于这些步骤的说法很多样，取决于每位作者的喜好。我们倾向于把角色的发展过程列出来，说明角色需要面对的和借此成长的问题或挑战。

现在，你已经明白了为何人物弧光不仅是一个很好的写作工具，而且是必要的。阅读下面的说明，了解每一个步骤的含义，看看它是怎么为你的角色和故事线做出贡献的。

杰里米的独家内幕

多阅读剧本。这听起来平淡无奇，但其实一个编剧很容易被看出来有没有读过其他人的剧本。你可以通过书店、网上书店买到剧本，还可以从 www.script-o-rama.com 这样的网站免费下载。找到你最喜欢的电影剧本，像读书一样阅读它们。你的写作水平会进步，写作风格会更扎实，情节点会掐得更准。你会了解专业的剧本看起来（和读起来）是什么样的，之后会把知识运用到自己的写作当中。

一些简单易学的指导……

在下列说明中，我们将在每一步中运用两个假想的角色阐述两个不同的故事。他们的名字是鲍勃和比尔。

步骤 1：日常生活（没有挑战）

这是你角色的日常生活。假设鲍勃过着完美的生活，每天都开开心心。他是个现实的普通人，每天工作，有一个叫萨莉的可爱女朋友。但是可怜的比尔生活糟透了，混乱不堪。他是个中年人，每天都在为生存奋斗。对于每一个角色来说，重点是讲述他们的普通生活——并不是他们人生中最刺激或者最有挑战性的时刻——你的故事就应该讲这些内容！

步骤 2：引入挑战

这是你的角色第一次感受到问题和挑战的气息。他们可以是被告知的，也可以是自己看见、听见或者与之正面遭遇的。无论怎样，你的角色现在知道了（或者略微知悉）问题和挑战的存在。在这种情况下，鲍勃通过闲谈了解到萨莉想离开他，与此同时比尔听说一条龙正在毁灭远处的村庄。

步骤 3：否认挑战

你的角色可能想避开、否认或者忽视挑战的存在。在任何情况下他们都拒绝面对挑战。鲍勃显然不想相信他亲爱的萨莉对这段感情不满，而比尔……好吧，比尔不相信有龙的存在。此处的主题是角色们都不喜欢挑战。

步骤 4：对挑战的初次承认

与步骤 3 相反，挑战不能再被否认和无视。角色承认了挑战的存在。鲍勃自己打量了这段感情，觉得很空虚。比尔看见了在远处飞着的龙，终于相信那是真的了。

步骤 5：决定面对挑战

在承认挑战存在之后，角色决定接受它。鲍勃不想失去萨莉，决定填补两人关系之中的空虚。比尔找到了当地的巫师，开始上屠龙课程。

步骤 5 恰好与情节点 I 重合，在 20—30 页之间。让故事进入第二幕的事件通常也是让角色进入一个发展新层次的事件。角色决定面对挑战，并因此推动故事前进。

步骤 6：试探挑战

这一步会占用你故事中最长的时间去探索。它可以由很多小的挑战、教训或者感情组成，引领你的角色到达他们个人的成长点，也就是他们感觉到可以应对主要挑战的时候。

鲍勃见了前女友，发现自己无法做出承诺是问题的根源，同时他也试着不为萨莉和前男友见面而神经过敏；与此同时，比尔学了一些魔法技巧，杀死了一只食人巨妖，与一匹可以超速奔跑的神马结为好友，并且爱上了一个少女，她将在巨龙下次饥肠辘辘、难以平复的时候被吃掉。能跟得上吗？很好。

步骤 7：为终极挑战做准备

这时候角色感觉到他们应当准备好（至于是否真的准备好，那是另一个故事）应对挑战并且正准备这样做了。当鲍勃在浴室酝酿向萨莉求婚的时候，比尔站在了龙窝的外面。他们都身处边缘。

步骤 8：初次尝试

这是角色跃向正面冲突的时候。他们看到了解决办法，正在尝试去做。比尔手握宝剑，由魔法咒语保护着，开始与巨龙正面交锋。鲍勃，仍旧站在镜子面前狂出汗。他克服了自己的恐惧，冲出浴室，向正在等待中的萨莉求了婚。这把你的角色推向了他（错误地）认为是终点的地方。

步骤 9：初次尝试（步骤 8）的结果

比尔冲进龙窝直面巨龙，准备战斗。它有一栋房子那么巨大，还可以喷火。战斗结果是什么？

那鲍勃呢？萨莉说“好”还是“不”？第一次面对挑战是否成功了？如果是，之后还能做些什么？为什么故事还没结束？是否还有更多没意识到的挑战？你的角色是否经历了惨败？这次失败是否给角色的精神状态带来了挥之不去的影响？以上是你角色初次尝试的结果，无论好与坏。有些人将此称为“一无所有”的时刻，是那种看上去无论如何都无法赢得挑战的时刻。

步骤 10：对挑战的第二次承认

好的，巨龙没有死而且萨莉说了“不”。现在呢？鲍勃和比尔就不管了？放弃了？故事结束了？不太可能。这不会成为一个很好的故事。所以，接下来发生什么了？这是角色第一次尝试惨痛失败，至少还未达到预期。

这一步与情节点 II 重合，将故事引到第三幕并且引导你的角色进入他发展的最后阶段。

步骤 11：面对最后的挑战

这是你角色应对挑战的最后机会。他们是逃跑还是战斗？比尔重回龙窝，这一次准备得更好并且更加有信念，曾经在精神上拖累他的恐惧、怀疑和其他负担都已经消失。鲍勃终于明白萨莉不是他人生的全部。他可以再见她最后一面，不论结果好坏，他不再害怕。

步骤 12：赢得最终的挑战

你的角色最后一次面对挑战。他是否还会失败？这次是永久的。他是否反败为胜或者得到了那个女孩？最终挑战的结果是什么？最终获得了精神上的胜利还是失败？比尔是否杀死了巨龙，拯救了村民？还是他牺牲了，给大家上了一课，告诉人们巨龙不是好欺负的？鲍勃得到了萨莉，还是萨莉永远地离开了他？

这是你故事的结局。角色成长的实现过程和结果都应该写得非常清楚。

人物弧光工作表

剧本／项目：______________________ 日期：______________

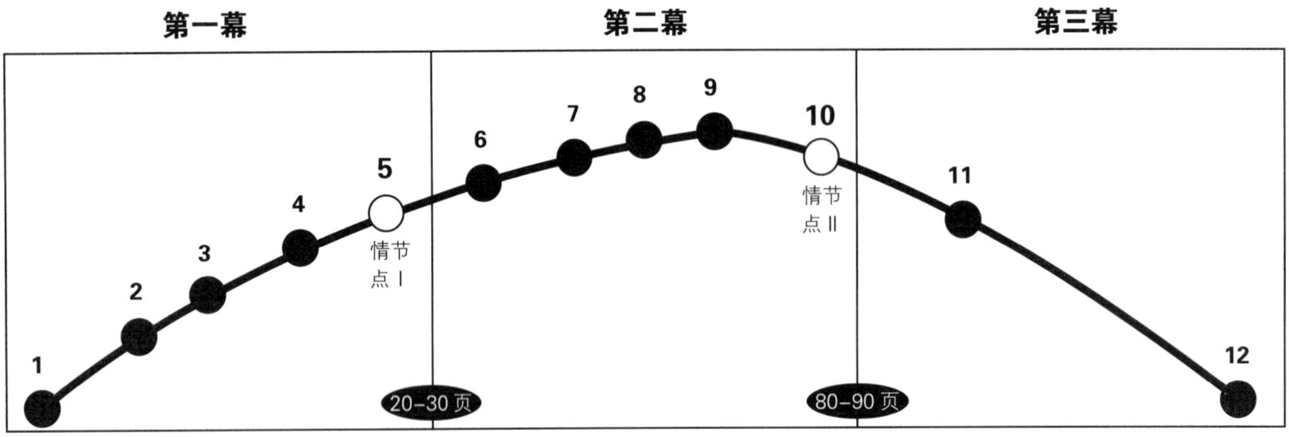

角色名称：______________________ □主角 □配角

步骤	物质上的	情感上的
1. 日常生活（没有挑战）		
2. 引入挑战		
3. 否认挑战		
4. 对挑战的初次承认		
5. 决定面对挑战		
6. 试探挑战		
7. 为终极挑战做准备		
8. 初次尝试		
9. 初次尝试的结果		
10. 对挑战的第二次承认		
11. 面对最后的挑战		
12. 赢得最终的挑战		

人物弧光工作表

剧本／项目：________________________ 日期：____________

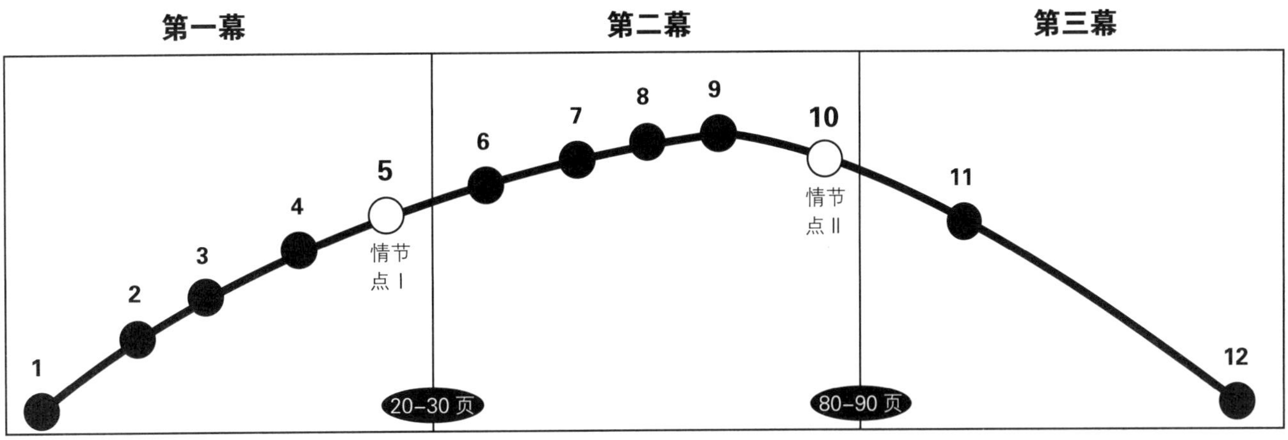

角色名称：________________________ □主角 □配角

步骤	物质上的	情感上的
1. 日常生活（没有挑战）		
2. 引入挑战		
3. 否认挑战		
4. 对挑战的初次承认		
5. 决定面对挑战		
6. 试探挑战		
7. 为终极挑战做准备		
8. 初次尝试		
9. 初次尝试的结果		
10. 对挑战的第二次承认		
11. 面对最后的挑战		
12. 赢得最终的挑战		

人物弧光工作表

剧本／项目：________________________ 日期：____________

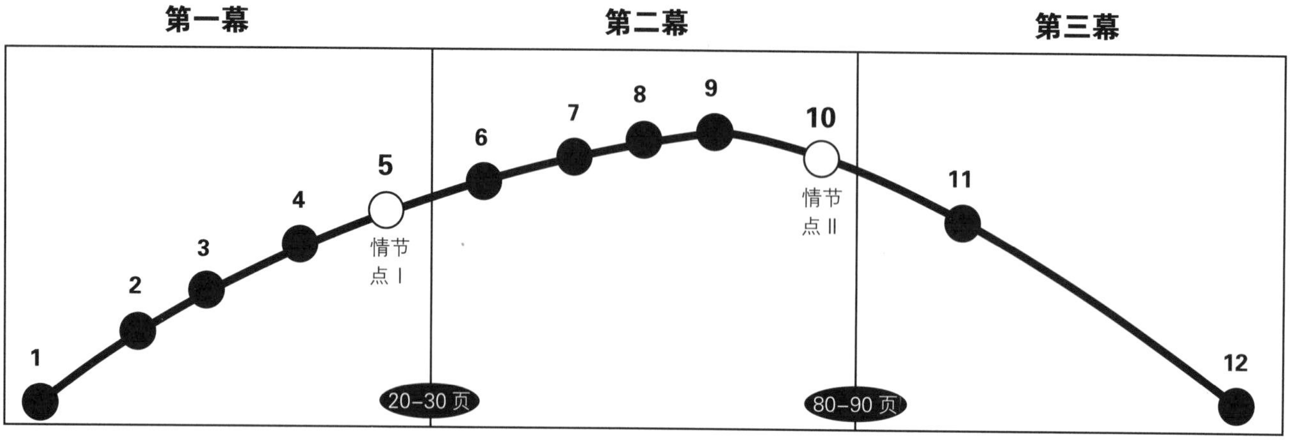

角色名称：________________________ □主角 □配角

步骤	物质上的	情感上的
1. 日常生活（没有挑战）		
2. 引入挑战		
3. 否认挑战		
4. 对挑战的初次承认		
5. 决定面对挑战		
6. 试探挑战		
7. 为终极挑战做准备		
8. 初次尝试		
9. 初次尝试的结果		
10. 对挑战的第二次承认		
11. 面对最后的挑战		
12. 赢得最终的挑战		

The Screenplay Workbook

人物弧光工作表

剧本／项目：____________________　日期：__________

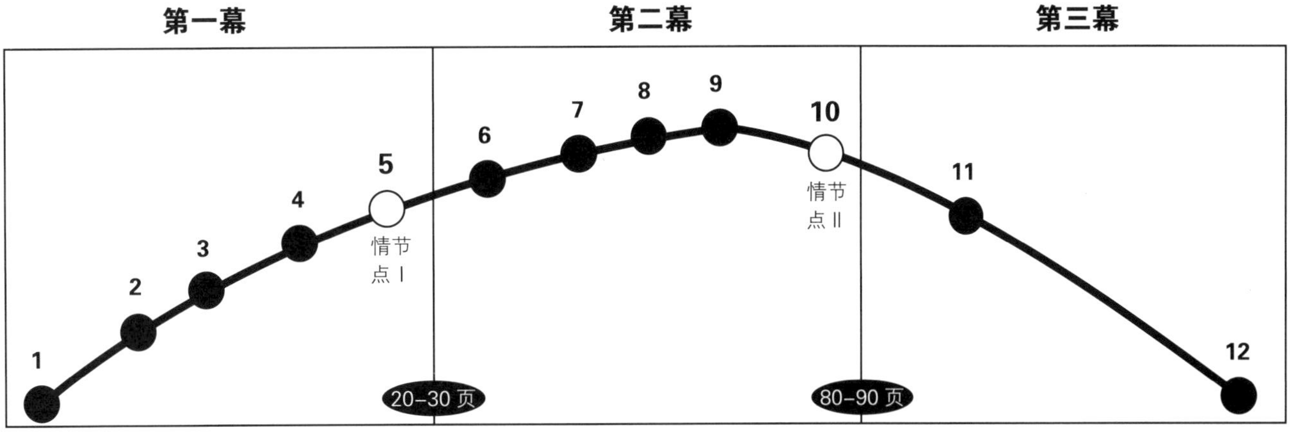

角色名称：____________________　□主角　□配角

步骤	物质上的	情感上的
1. 日常生活（没有挑战）		
2. 引入挑战		
3. 否认挑战		
4. 对挑战的初次承认		
5. 决定面对挑战		
6. 试探挑战		
7. 为终极挑战做准备		
8. 初次尝试		
9. 初次尝试的结果		
10. 对挑战的第二次承认		
11. 面对最后的挑战		
12. 赢得最终的挑战		

The Screenplay Workbook

人物弧光工作表

剧本／项目：______________________ 日期：______________

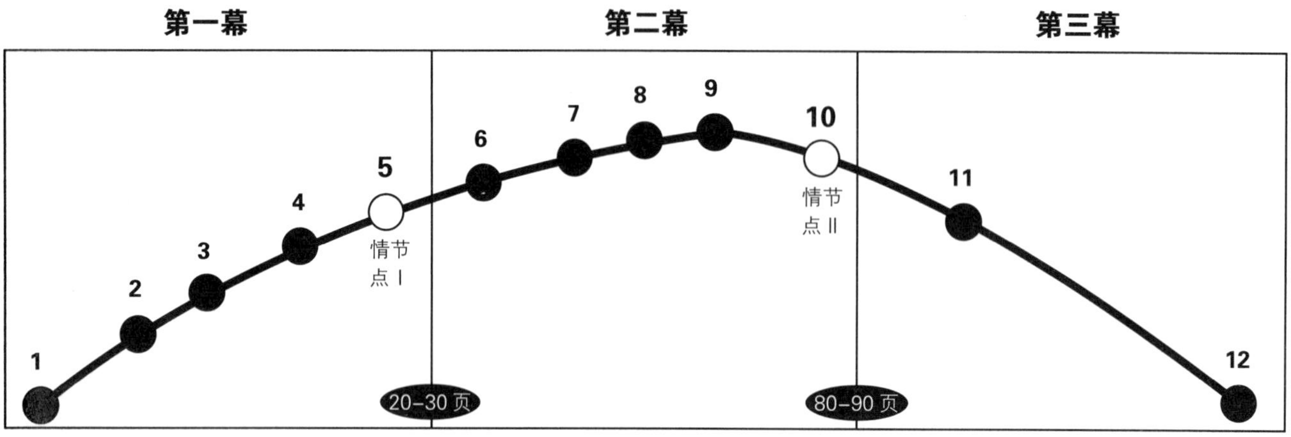

角色名称：______________________ □主角 □配角

步骤	物质上的	情感上的
1. 日常生活（没有挑战）		
2. 引入挑战		
3. 否认挑战		
4. 对挑战的初次承认		
5. 决定面对挑战		
6. 试探挑战		
7. 为终极挑战做准备		
8. 初次尝试		
9. 初次尝试的结果		
10. 对挑战的第二次承认		
11. 面对最后的挑战		
12. 赢得最终的挑战		

The Screenplay Workbook **人物弧光工作表**

剧本／项目：________________________________ 日期：________________

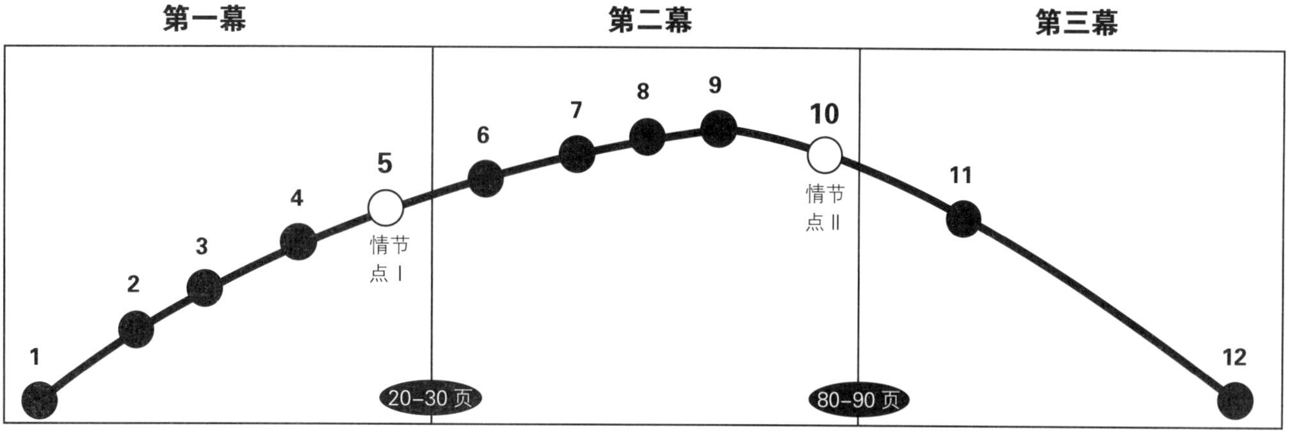

角色名称：________________________________ □主角 □配角

步骤	物质上的	情感上的
1. 日常生活（没有挑战）		
2. 引入挑战		
3. 否认挑战		
4. 对挑战的初次承认		
5. 决定面对挑战		
6. 试探挑战		
7. 为终极挑战做准备		
8. 初次尝试		
9. 初次尝试的结果		
10. 对挑战的第二次承认		
11. 面对最后的挑战		
12. 赢得最终的挑战		

人物弧光工作表

剧本／项目：____________________ 日期：__________

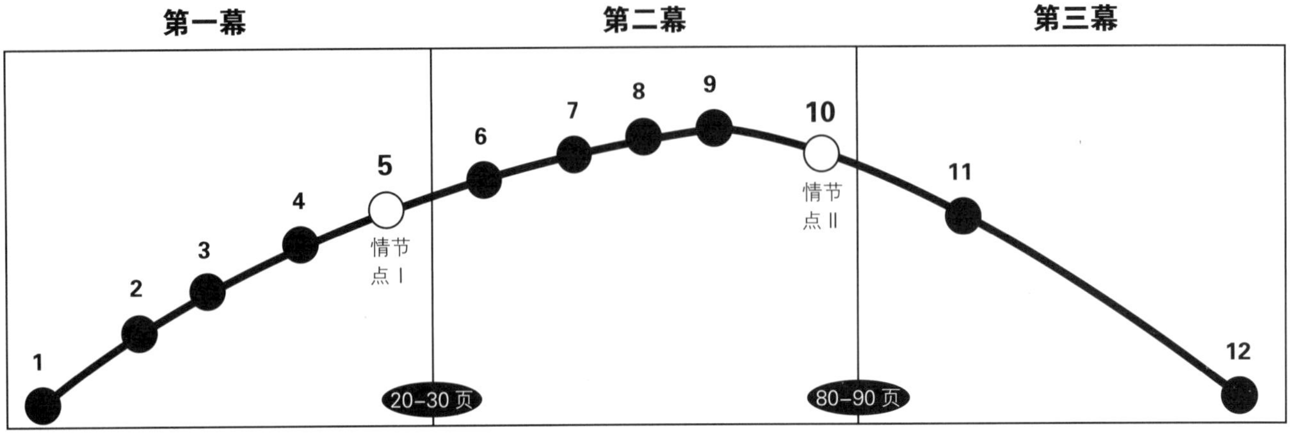

角色名称：____________________ □主角 □配角

步骤	物质上的	情感上的
1. 日常生活（没有挑战）		
2. 引入挑战		
3. 否认挑战		
4. 对挑战的初次承认		
5. 决定面对挑战		
6. 试探挑战		
7. 为终极挑战做准备		
8. 初次尝试		
9. 初次尝试的结果		
10. 对挑战的第二次承认		
11. 面对最后的挑战		
12. 赢得最终的挑战		

The Screenplay Workbook

人物弧光工作表

剧本／项目：＿＿＿＿＿＿＿＿＿＿＿＿＿＿＿＿　日期：＿＿＿＿＿＿＿＿

第一幕　第二幕　第三幕

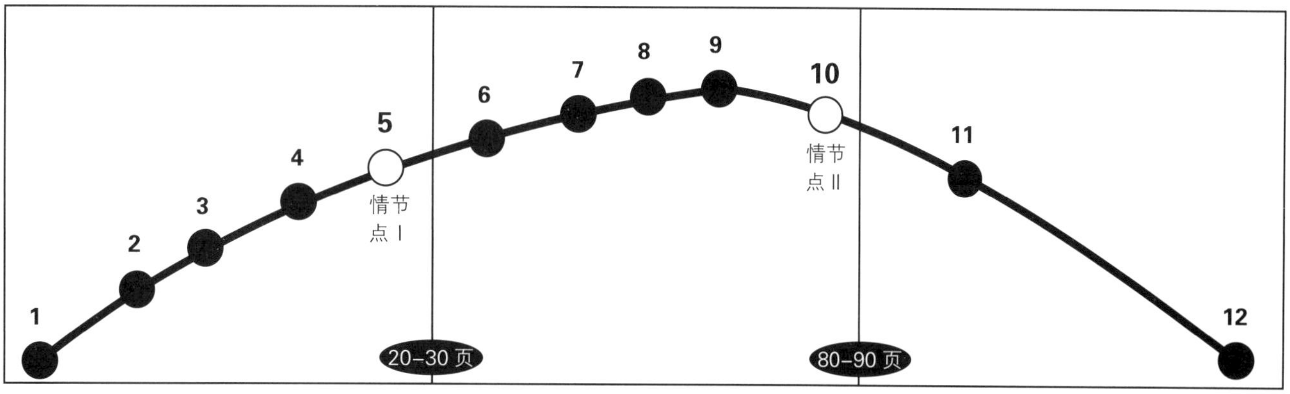

角色名称：＿＿＿＿＿＿＿＿＿＿＿＿＿＿＿＿　□主角　□配角

步骤	物质上的	情感上的
1. 日常生活（没有挑战）		
2. 引入挑战		
3. 否认挑战		
4. 对挑战的初次承认		
5. 决定面对挑战		
6. 试探挑战		
7. 为终极挑战做准备		
8. 初次尝试		
9. 初次尝试的结果		
10. 对挑战的第二次承认		
11. 面对最后的挑战		
12. 赢得最终的挑战		

人物弧光工作表

剧本／项目：________________ 日期：________________

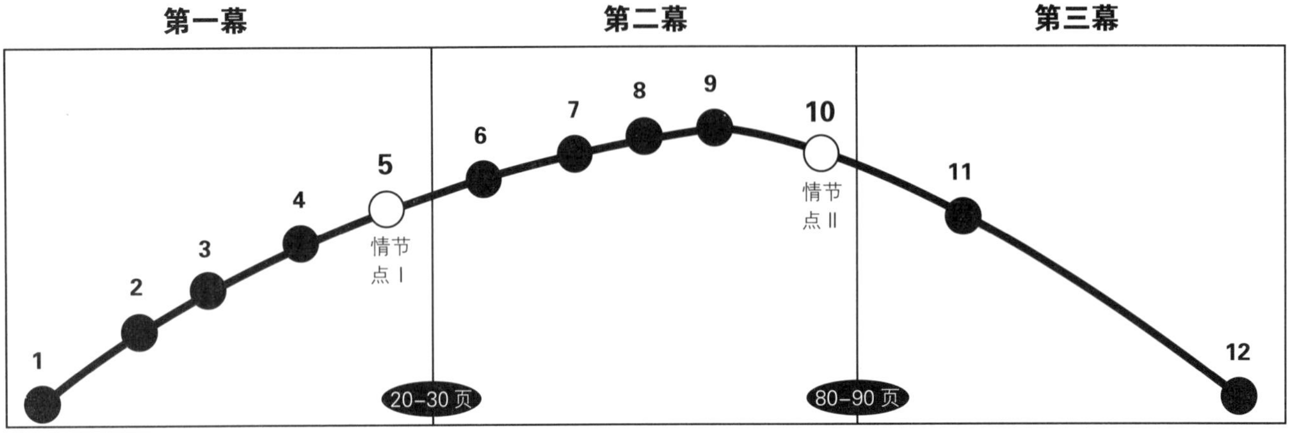

角色名称：________________ □主角 □配角

步骤	物质上的	情感上的
1. 日常生活（没有挑战）		
2. 引入挑战		
3. 否认挑战		
4. 对挑战的初次承认		
5. 决定面对挑战		
6. 试探挑战		
7. 为终极挑战做准备		
8. 初次尝试		
9. 初次尝试的结果		
10. 对挑战的第二次承认		
11. 面对最后的挑战		
12. 赢得最终的挑战		

人物弧光工作表

剧本／项目：________________________ 日期：____________

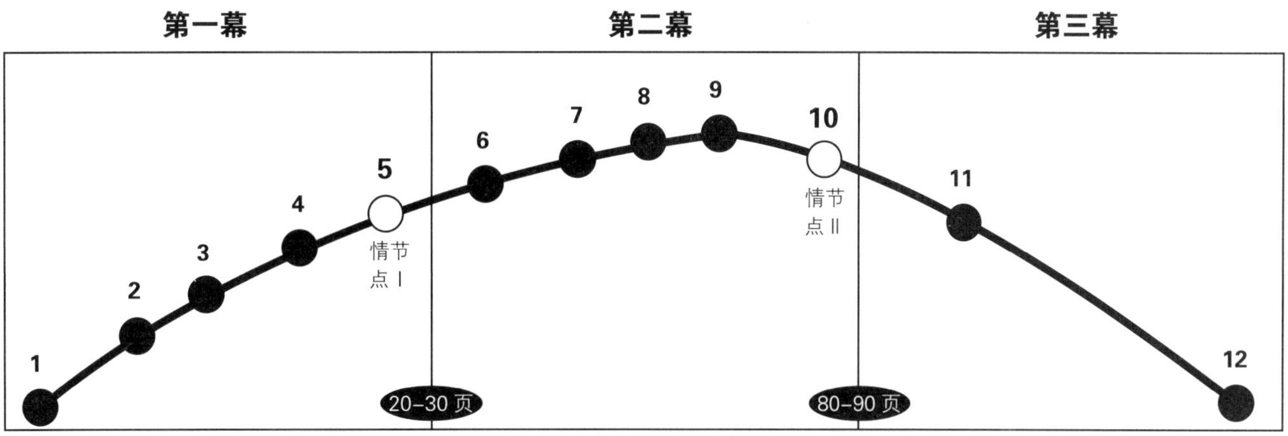

角色名称：________________________ □主角 □配角

步骤	物质上的	情感上的
1. 日常生活（没有挑战）		
2. 引入挑战		
3. 否认挑战		
4. 对挑战的初次承认		
5. 决定面对挑战		
6. 试探挑战		
7. 为终极挑战做准备		
8. 初次尝试		
9. 初次尝试的结果		
10. 对挑战的第二次承认		
11. 面对最后的挑战		
12. 赢得最终的挑战		

人物弧光工作表

剧本／项目：________________ 日期：__________

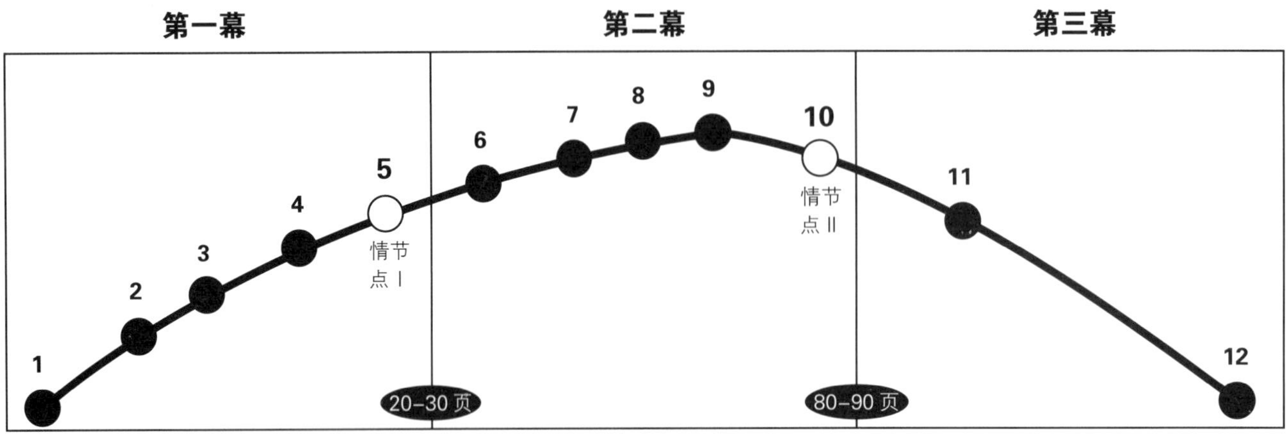

角色名称： ________________ □主角 □配角

步骤	物质上的	情感上的
1. 日常生活（没有挑战）		
2. 引入挑战		
3. 否认挑战		
4. 对挑战的初次承认		
5. 决定面对挑战		
6. 试探挑战		
7. 为终极挑战做准备		
8. 初次尝试		
9. 初次尝试的结果		
10. 对挑战的第二次承认		
11. 面对最后的挑战		
12. 赢得最终的挑战		

The Screenplay Workbook **人物弧光工作表**

剧本／项目：________________ 日期：________

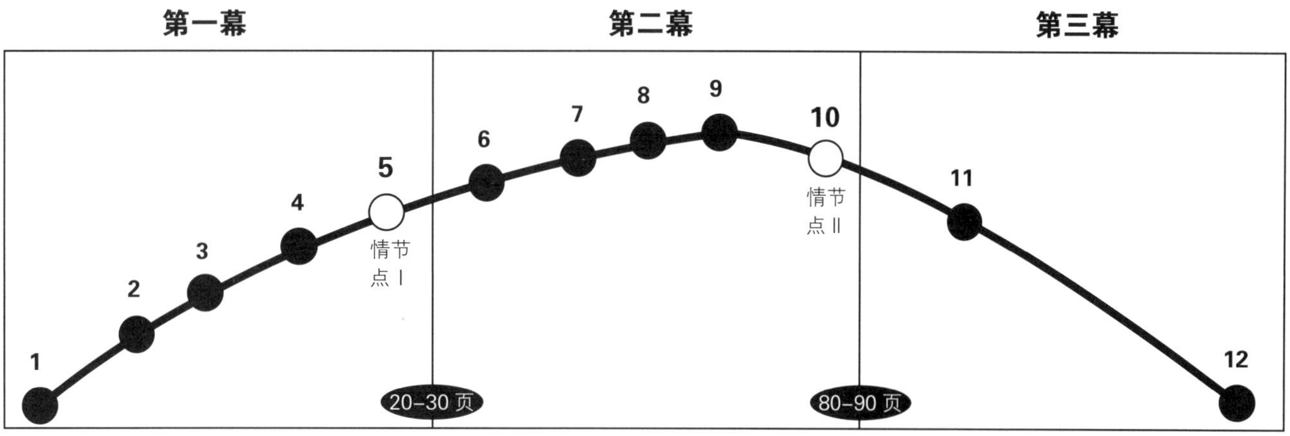

角色名称： ________________ □主角 □配角

步骤	物质上的	情感上的
1. 日常生活（没有挑战）		
2. 引入挑战		
3. 否认挑战		
4. 对挑战的初次承认		
5. 决定面对挑战		
6. 试探挑战		
7. 为终极挑战做准备		
8. 初次尝试		
9. 初次尝试的结果		
10. 对挑战的第二次承认		
11. 面对最后的挑战		
12. 赢得最终的挑战		

The Screenplay Workbook

人物弧光工作表

剧本／项目：__________ 日期：__________

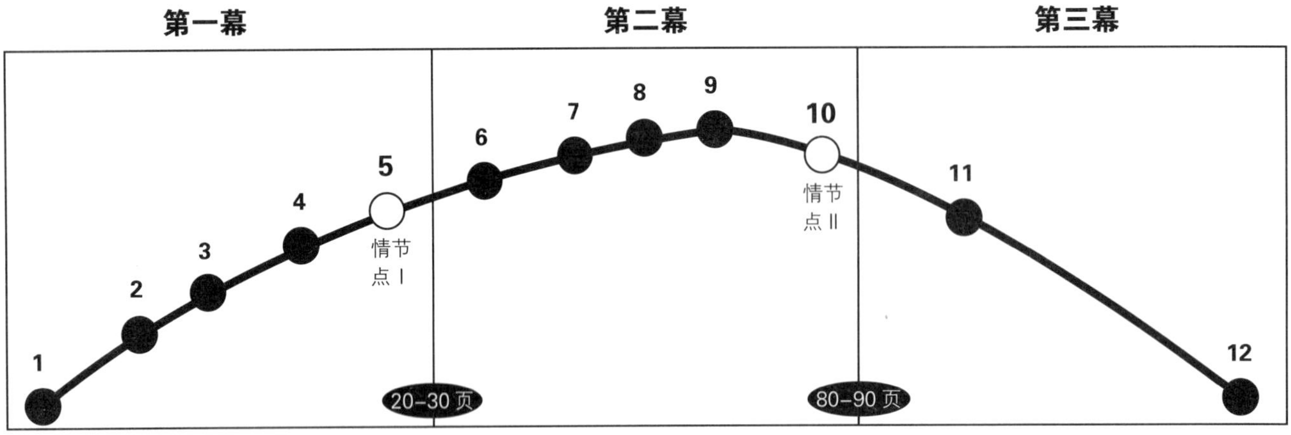

角色名称：__________ □主角 □配角

步骤	物质上的	情感上的
1. 日常生活（没有挑战）		
2. 引入挑战		
3. 否认挑战		
4. 对挑战的初次承认		
5. 决定面对挑战		
6. 试探挑战		
7. 为终极挑战做准备		
8. 初次尝试		
9. 初次尝试的结果		
10. 对挑战的第二次承认		
11. 面对最后的挑战		
12. 赢得最终的挑战		

人物弧光工作表

剧本／项目：______________________ 日期：__________

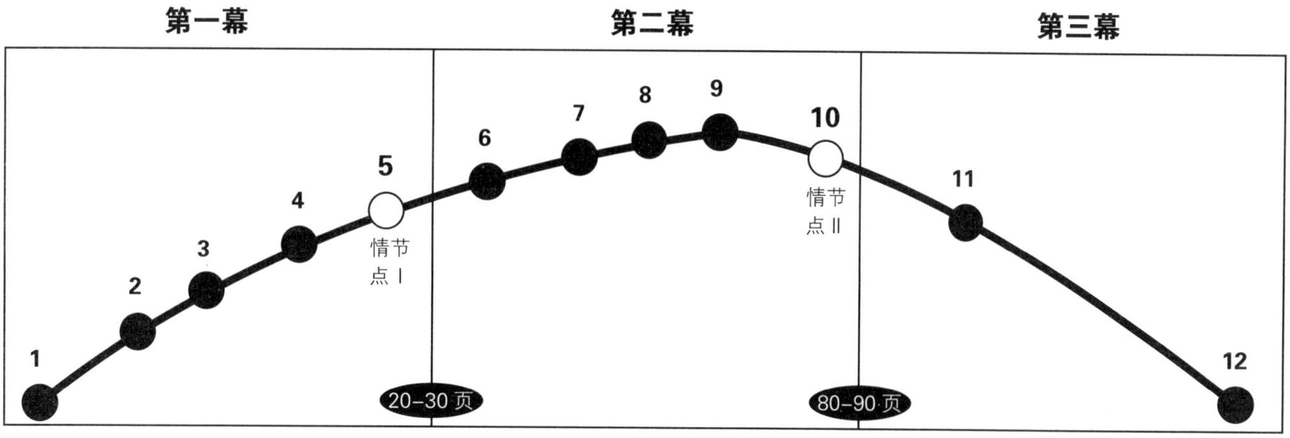

角色名称：______________________ □主角 □配角

步骤	物质上的	情感上的
1. 日常生活（没有挑战）		
2. 引入挑战		
3. 否认挑战		
4. 对挑战的初次承认		
5. 决定面对挑战		
6. 试探挑战		
7. 为终极挑战做准备		
8. 初次尝试		
9. 初次尝试的结果		
10. 对挑战的第二次承认		
11. 面对最后的挑战		
12. 赢得最终的挑战		

The Screenplay Workbook **人物弧光工作表**

剧本／项目：________________ 日期：________

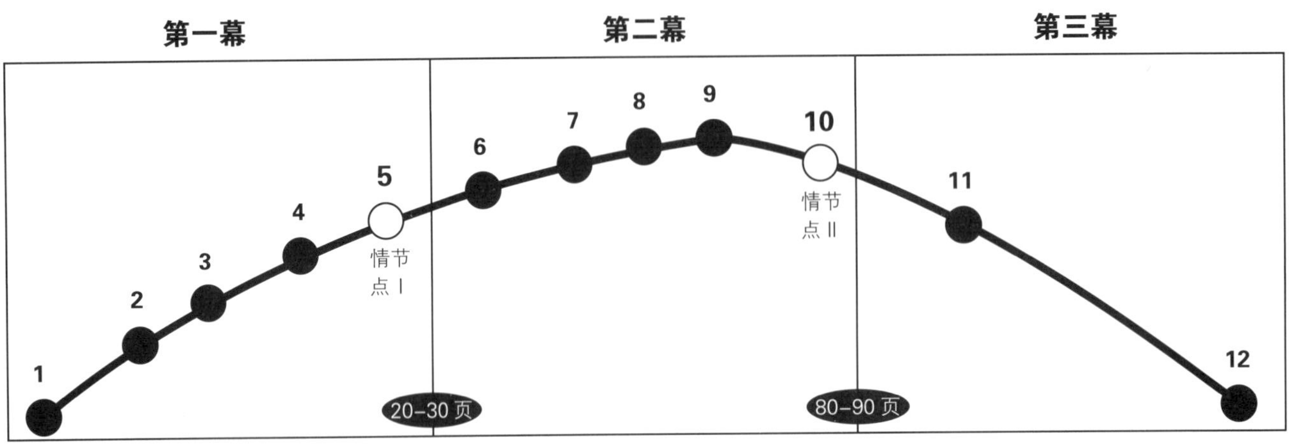

角色名称：________________ □主角 □配角

步骤	物质上的	情感上的
1. 日常生活（没有挑战）		
2. 引入挑战		
3. 否认挑战		
4. 对挑战的初次承认		
5. 决定面对挑战		
6. 试探挑战		
7. 为终极挑战做准备		
8. 初次尝试		
9. 初次尝试的结果		
10. 对挑战的第二次承认		
11. 面对最后的挑战		
12. 赢得最终的挑战		

人物弧光工作表

剧本／项目：________________ 日期：________

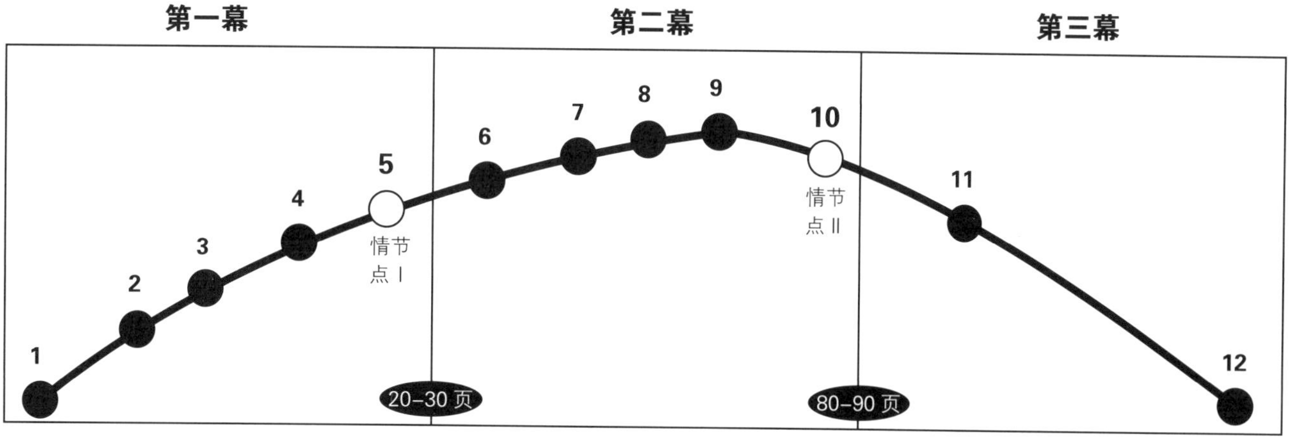

角色名称：________________ □主角 □配角

步骤	物质上的	情感上的
1. 日常生活（没有挑战）		
2. 引入挑战		
3. 否认挑战		
4. 对挑战的初次承认		
5. 决定面对挑战		
6. 试探挑战		
7. 为终极挑战做准备		
8. 初次尝试		
9. 初次尝试的结果		
10. 对挑战的第二次承认		
11. 面对最后的挑战		
12. 赢得最终的挑战		

人物弧光工作表

剧本／项目：＿＿＿＿＿＿＿＿　日期：＿＿＿＿

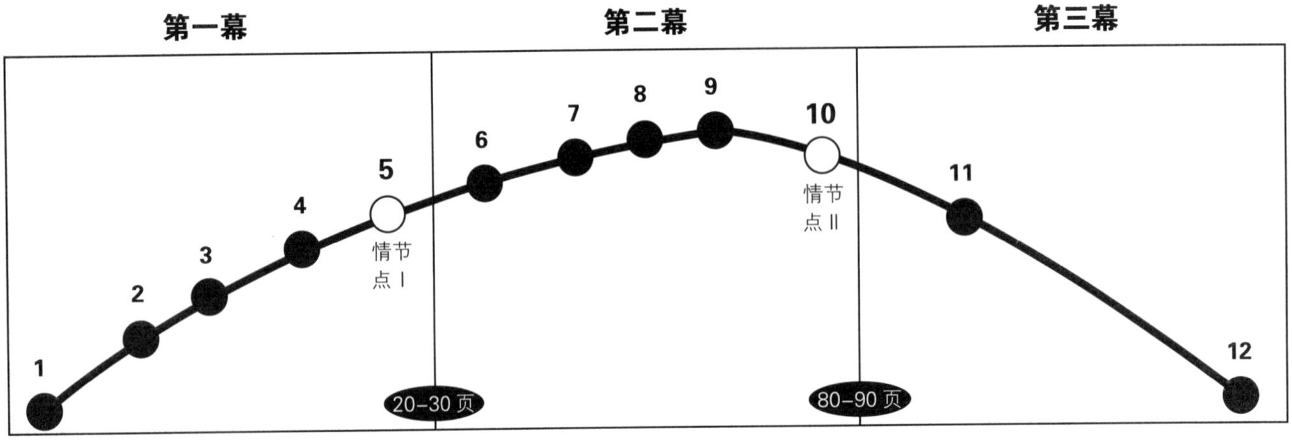

角色名称：＿＿＿＿＿＿＿＿　□主角　□配角

步骤	物质上的	情感上的
1. 日常生活（没有挑战）		
2. 引入挑战		
3. 否认挑战		
4. 对挑战的初次承认		
5. 决定面对挑战		
6. 试探挑战		
7. 为终极挑战做准备		
8. 初次尝试		
9. 初次尝试的结果		
10. 对挑战的第二次承认		
11. 面对最后的挑战		
12. 赢得最终的挑战		

The Screenplay Workbook

人物弧光工作表

剧本／项目：________________ 日期：________

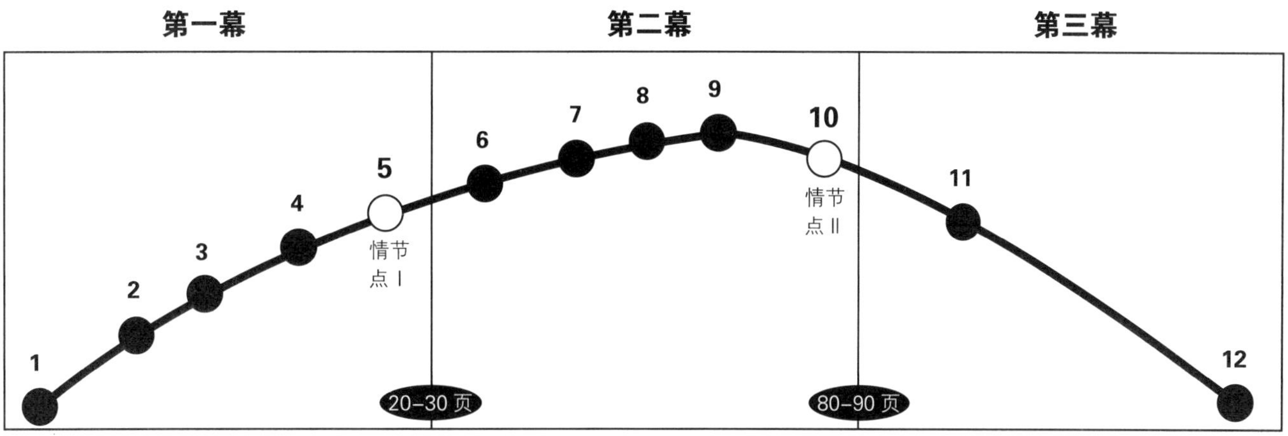

角色名称：________________ □主角 □配角

步骤	物质上的	情感上的
1. 日常生活（没有挑战）		
2. 引入挑战		
3. 否认挑战		
4. 对挑战的初次承认		
5. 决定面对挑战		
6. 试探挑战		
7. 为终极挑战做准备		
8. 初次尝试		
9. 初次尝试的结果		
10. 对挑战的第二次承认		
11. 面对最后的挑战		
12. 赢得最终的挑战		

The Screenplay Workbook

人物弧光工作表

剧本／项目：____________________ 日期：____________

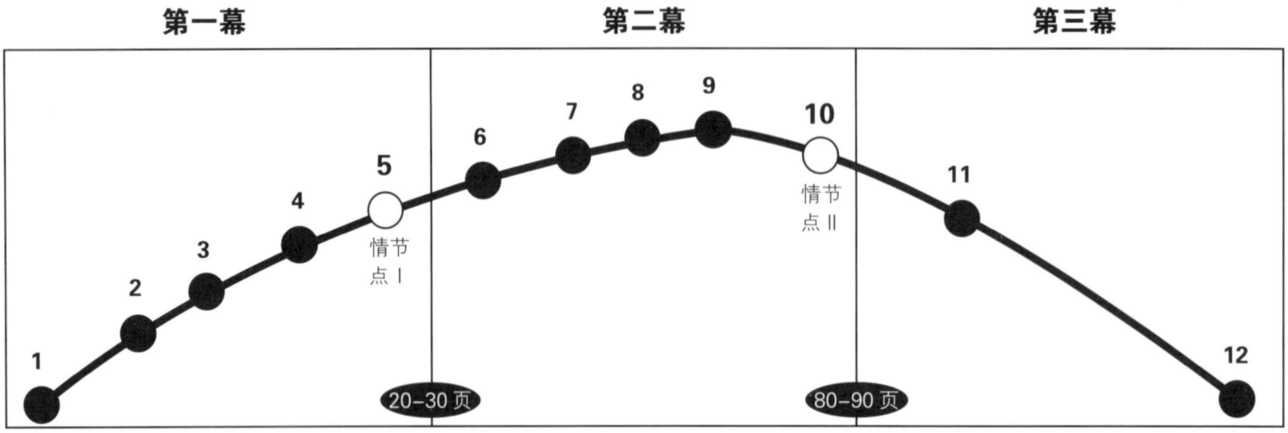

角色名称： ____________________ □主角 □配角

步骤	物质上的	情感上的
1. 日常生活（没有挑战）		
2. 引入挑战		
3. 否认挑战		
4. 对挑战的初次承认		
5. 决定面对挑战		
6. 试探挑战		
7. 为终极挑战做准备		
8. 初次尝试		
9. 初次尝试的结果		
10. 对挑战的第二次承认		
11. 面对最后的挑战		
12. 赢得最终的挑战		

The Screenplay Workbook 人物弧光工作表

剧本／项目：______________________ 日期：__________

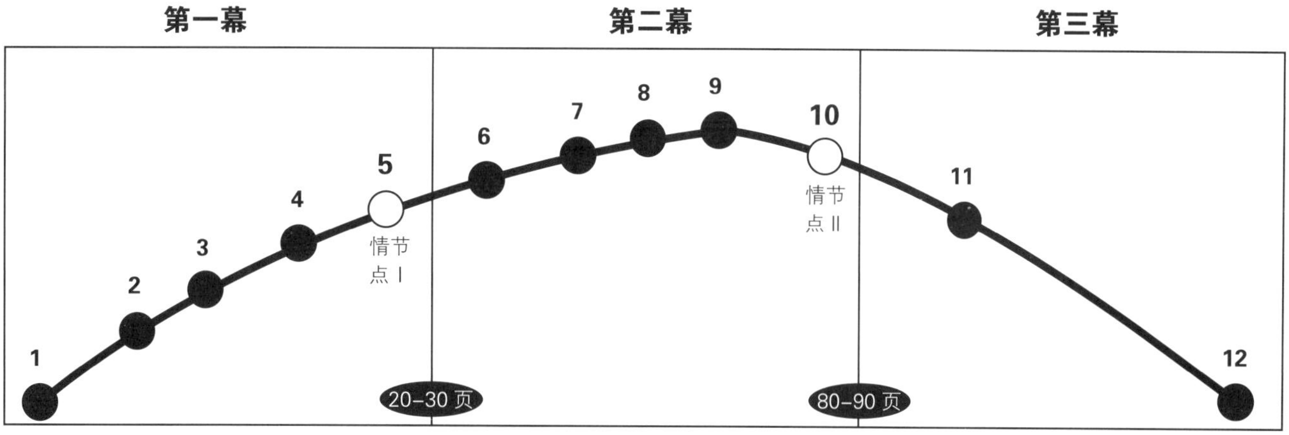

角色名称：______________________ □主角 □配角

步骤	物质上的	情感上的
1. 日常生活（没有挑战）		
2. 引入挑战		
3. 否认挑战		
4. 对挑战的初次承认		
5. 决定面对挑战		
6. 试探挑战		
7. 为终极挑战做准备		
8. 初次尝试		
9. 初次尝试的结果		
10. 对挑战的第二次承认		
11. 面对最后的挑战		
12. 赢得最终的挑战		

人物弧光工作表

剧本／项目：________________ 日期：________________

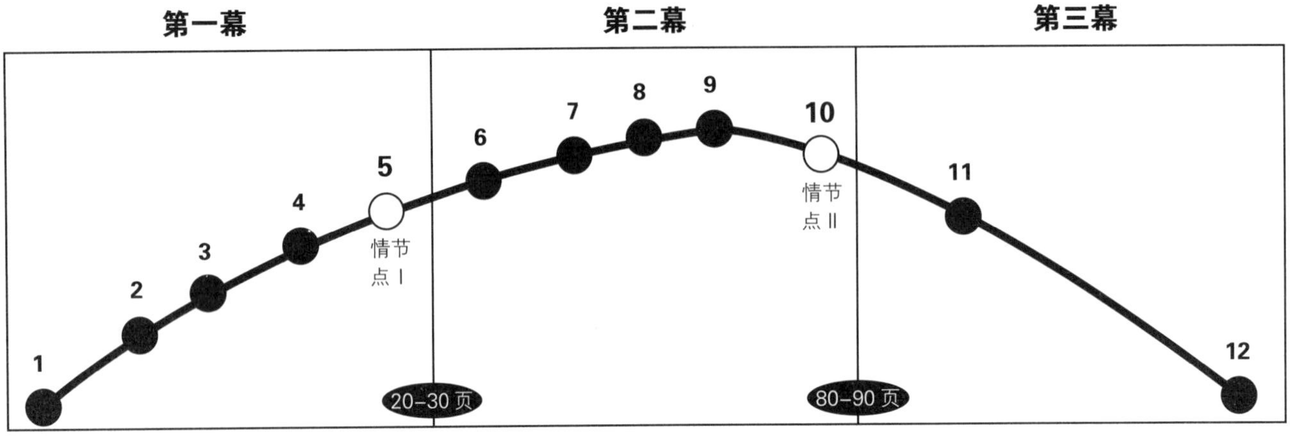

角色名称： ________________ □主角 □配角

步骤	物质上的	情感上的
1. 日常生活（没有挑战）		
2. 引入挑战		
3. 否认挑战		
4. 对挑战的初次承认		
5. 决定面对挑战		
6. 试探挑战		
7. 为终极挑战做准备		
8. 初次尝试		
9. 初次尝试的结果		
10. 对挑战的第二次承认		
11. 面对最后的挑战		
12. 赢得最终的挑战		

约翰认识到了两件事：
1. 他很笨手笨脚；2. 在索引卡上规划故事线不是个好主意。

第 8 章　情节表

PLOT CHART

既然你已经完成了情节架构、情节点和人物弧光工作表，是时候把他们合并在一起，看看你已完成的故事蓝图是什么样的了。在情节表中我们整合了情节点、情节架构和人物弧光，必要时将它们重叠，这样作为作者的你就能看到全貌了。

情节点 + 情节架构 + 人物弧光 = 情节表

我们涉及了方方面面，但在视觉上呈现它们是如何整合在一起的却不容易。有什么元素是可以重叠的？不同的元素出现在了哪些相同的页面上？你应该怎样组织你已收集好的故事信息？情节表可以以前所未有的方式来解答这些问题。

之后的工作表是用来创作提纲、梗概甚至推销（pitch）剧本的一个很好的工具。如果你能从头到尾将这个表填完，那就太好了，你会完全了解你的故事！如果不能填完，那就回头看一下你的情节点、情节架构和人物弧光工作表吧。

情节表可以很好地帮你找出情节和角色之间的漏洞。如果你的故事已经毫无漏洞，太好了——那就马上开始写吧！

如果你找到了漏洞，那更好，这样就能避免在剧本写3个月、都快写到结局时才发现需要把它拿去大修这种情况。

杰里米的独家内幕

当你写好剧本准备将它寄出去的时候，假装你的妈妈正在背后看你，确保你房间（剧本）里的所有地方都拿吸尘器吸过、掸过尘和规整好了。或者这样做就更好了：假装你的妈妈是海豹突击队军训教官。保持整洁很重要！下面是我曾经读过的不整洁的剧本：封面上有咖啡渍的；满是褶皱的复印页面；中间加了几页空白纸的；在空白处写满了注释的；订都没订好的。这样的话就省下你的邮费，直接把剧本扔到垃圾桶里吧。

外观反映了一个人的决心，决心反映了一个人的热情，而热情反映了想写好剧本的渴望。一个无懈可击的剧本就像受欢迎的新鲜空气——审读人可以认识到他被认真对待了，因为这个作者把剧本看得很重要，把剧本打扮得很得体。记住，没有人会在商务年会上认真对待一个穿着蓝色牛仔裤的人。别做那个穿着蓝色牛仔裤的人。

一些简单易学的指导……

这个情节表用起来简直是小菜一碟！只需从每个工作表中提取主要元素，然后把它们合在一起成为精练有力的句子，用于详尽描述你的剧本。

你会注意到每个部分都标了页码，这些只是向导而已。如果你是个有经验的专业作者，那么你可以自由地打破这些规定，估计你还希望这样做呢。但如果你还没有卖掉过一部剧本，想卖出剧本，还是尽量让故事元素遵循这些建议吧。这样做对你来讲会很有利。

标注了“细节”的部分是提供给你的可能要记住的具体事件。如果你想到一个具体的场景、让人眼前一亮的视觉画面或者各种关键的对话，将它们记在这里。就是这样！开工，看着你的故事开始成型吧！

情节表 1

剧本／项目：＿＿＿＿＿＿＿＿ 日期：＿＿＿＿

1. 阐述（钩子）（1 – 5 页）

细节

2. 日常生活（上升环节）（1 – 10 页）

细节

3. 引入挑战（上升环节）（5 – 15 页）

细节

4. 否认挑战（上升环节）（10 – 20 页）

细节

情节表 2

剧本／项目：________________ 日期：________

5. 对挑战的初次认知（上升环节）（15 – 25 页）

细节

6. 决定面对挑战（情节点 I）（20 – 30 页）

细节

7. 试探挑战（冲突）（25 – 60 页）

细节

8. 转折点（55 – 65 页）

细节

情节表 3

剧本／项目：______________________ 日期：__________

9. 为终极挑战做准备（冲突）（60 — 75 页）

细节

10. 初次尝试的结果（高潮）（75 — 85 页）

细节

11. 对挑战的第二次承认（情节点Ⅱ）（80 — 90 页）

细节

12. 面对最后的挑战（平复环节）（90 — 110 页）

细节

情节表 4

剧本／项目：________________ 日期：________________

13. 赢得最终的挑战（解决）（100 – 115 页）

细节

14. 结局（结尾）（110 – 120 页）

细节

情节表 1

剧本／项目：______________________ 日期：______________

1. 阐述（钩子）（1 — 5 页）

细节

2. 日常生活（上升环节）（1 — 10 页）

细节

3. 引入挑战（上升环节）（5 — 15 页）

细节

4. 否认挑战（上升环节）（10 — 20 页）

细节

剧本／项目：________________________________ 日期：______________

5. 对挑战的初次认知（上升环节）（15 – 25 页）

细节

6. 决定面对挑战（情节点 I）（20 – 30 页）

细节

7. 试探挑战（冲突）（25 – 60 页）

细节

8. 转折点（55 – 65 页）

细节

情节表 3

剧本／项目：＿＿＿＿＿＿＿＿ 日期：＿＿＿＿＿＿＿＿

9. 为终极挑战做准备（冲突）（60 — 75 页）

细节

10. 初次尝试的结果（高潮）（75 — 85 页）

细节

11. 对挑战的第二次承认（情节点 Ⅱ）（80 — 90 页）

细节

12. 面对最后的挑战（平复环节）（90 — 110 页）

细节

情节表 4

剧本／项目：

日期：

13. 赢得最终的挑战（解决）（100 — 115 页）

细节

14. 结局（结尾）（110 — 120 页）

细节

情节表 1

剧本／项目：＿＿＿＿＿＿＿＿ 日期：＿＿＿＿＿＿＿＿

1. 阐述（钩子）（1－5页）

细节

2. 日常生活（上升环节）（1－10页）

细节

3. 引入挑战（上升环节）（5－15页）

细节

4. 否认挑战（上升环节）（10－20页）

细节

情节表 2

剧本／项目：______________________ 日期：__________

5. 对挑战的初次认知（上升环节）（15 — 25 页）

细节

6. 决定面对挑战（情节点 I）（20 — 30 页）

细节

7. 试探挑战（冲突）（25 — 60 页）

细节

8. 转折点（55 — 65 页）

细节

剧本／项目：

日期：

9. 为终极挑战做准备（冲突）（60 – 75 页）

细节

10. 初次尝试的结果（高潮）（75 – 85 页）

细节

11. 对挑战的第二次承认（情节点Ⅱ）（80 – 90 页）

细节

12. 面对最后的挑战（平复环节）（90 – 110 页）

细节

情节表 4

剧本／项目：__________ 日期：__________

13. 赢得最终的挑战（解决）（100 — 115 页）

细节

14. 结局（结尾）（110 — 120 页）

细节

情节表 1

剧本／项目：＿＿＿＿＿＿＿＿ 日期：＿＿＿＿＿＿＿＿

1. 阐述（钩子）（1 — 5 页）

细节

2. 日常生活（上升环节）（1 — 10 页）

细节

3. 引入挑战（上升环节）（5 — 15 页）

细节

4. 否认挑战（上升环节）（10 — 20 页）

细节

情节表 2

剧本／项目：______________________ 日期：______________

5. 对挑战的初次认知（上升环节）（15 – 25 页）

细节

6. 决定面对挑战（情节点 I）（20 – 30 页）

细节

7. 试探挑战（冲突）（25 – 60 页）

细节

8. 转折点（55 – 65 页）

细节

剧本／项目：______ 日期：______

9. 为终极挑战做准备（冲突）（60 — 75 页）

细节

10. 初次尝试的结果（高潮）（75 — 85 页）

细节

11. 对挑战的第二次承认（情节点 Ⅱ）（80 — 90 页）

细节

12. 面对最后的挑战（平复环节）（90 — 110 页）

细节

情节表 4

剧本／项目：

日期：

13. 赢得最终的挑战（解决）（100 – 115 页）

细节

14. 结局（结尾）（110 – 120 页）

细节

The Screenplay Workbook **情节表 1**

剧本／项目：________________ 日期：________________

1. 阐述（钩子）（1 – 5 页）

细节

2. 日常生活（上升环节）（1 – 10 页）

细节

3. 引入挑战（上升环节）（5 – 15 页）

细节

4. 否认挑战（上升环节）（10 – 20 页）

细节

情节表 2

剧本／项目：________________ 日期：________________

5. 对挑战的初次认知（上升环节）（15 – 25 页）

细节

6. 决定面对挑战（情节点 I）（20 – 30 页）

细节

7. 试探挑战（冲突）（25 – 60 页）

细节

8. 转折点（55 – 65 页）

细节

剧本／项目：________ 日期：________

9. 为终极挑战做准备（冲突）（60 – 75 页）

细节

10. 初次尝试的结果（高潮）（75 – 85 页）

细节

11. 对挑战的第二次承认（情节点Ⅱ）（80 – 90 页）

细节

12. 面对最后的挑战（平复环节）（90 – 110 页）

细节

情节表 4

剧本／项目：________________ 日期：________________

13. 赢得最终的挑战（解决）（100 – 115 页）

细节

14. 结局（结尾）（110 – 120 页）

细节

约翰很快认识到与狂热的方法派演员一起朗读《角斗士》是个错误。

第 9 章　一幕接一幕

SCENE BY SCENE

编剧的工作就像拳击场边的比赛播报员一样。用简明有力的解说描绘每一次出拳。他们详尽地解说整场战斗直到高潮部分，极尽详细，让听众身临其境。编剧也一定要做到这一点才行。

剧本被分解成一堆叫作场景（scene）的行动（action）。但场景由什么来定义呢？场景的长度一般是在一段到三页之间。它们可能会再长一些，但并不常见。它们可以由动作和对话组成，但发生的地点得是一样的。一旦故事换了一个地点或是时间，就要开始另一个场景。

场景不能与镜头序列（sequence）混淆，序列是由多个场景构成的。比如说——一场追车戏不能算一个场景。新出现的每一条街道、每座大桥和每个小巷都是一个新的场景。每一次从车内转到车外的时候发生的视角变化都形成一个新的场景。

场景就像构筑剧本的墙砖，你可以把它们当作一堆乐高积木。你可以通过某一种方式把它们组装成宇宙飞船，换一种方式又组装成潜水艇。但如果漫不经心地组装它们，你得到的还是一堆乐高积木。组合场景的方式决定了你剧本的影响力。一种组合结构可能给予你一次宇宙探险的经历，换另一种则可能导致一次大扫除：把你关在房子里，还剥夺你看电视的权利。

但场景的内在结构是什么呢？肯定比乐高积木复杂多了，对吗？就像剧本整体一样，每一个场景都像一个微小的故事，每一个都有开端、高潮和结尾。一个场景可以像一个被压缩的故事架构一样，包含上升环节、高潮和平复环节。由行动开始的场景引导出一个目标，新的元素也会出现，已有的场景会向一个新的方向发展。

案例：弗雷德决心要和他的女友蕾切尔分手。他走进客厅，看到蕾切尔衣着单薄地躺在沙发上。弗雷德抛弃了他的理智，感觉到一股无法抗拒的力量，接着两人倒在沙发里——开始了一场很刺激的性爱场景。

弗雷德走进客厅是这场戏的开始。他看到女友正性感地躺在沙发上，行为发生了出人意料的转变。弗雷德被撩拨到了，立刻被即将成为前女友的蕾切尔征服了。弗雷德的分手决心是这一场戏吸引住你的原因。他要与之分手的女友把他唬得团团转，事情在这里发生了扭转，导致情况比这场戏刚开始时更加恶劣，从而推动了故事的前进，让被吊足了胃口的观众想看下一场戏。

场景分为两种类型：主要的和次要的。次要场景非常短，一般只有几句台词或者对话。它们可以是一个航拍城市镜头、一辆车开过或一场打斗序列的简短镜头。这种场景的作用就像胶水，次要场景将主要场景黏合在一起并将它们固定在合适的位置。

主要场景就是你剧本里的肉。每一个场景都应该像一块美味多汁的牛排，让你的观众不断想吃下一块。每一个场景都让观众越来越深地陷入你的故事，也让角色转变至一个新的方向。主要场景是同一个地点内发生动作和对话的地方，让你的故事前进。每一个主要场景都有可以吸引住观众的关键性对话、动作和揭示。

案例：（1）弗雷德走过去准备开客厅的门。（次要场景）

（2）弗雷德决心要和他的女友蕾切尔分手。他走进客厅，看到蕾切尔衣着单薄地躺在沙发上。弗雷德抛弃了他的理智，感觉到一股无法抗拒的力量，接着两人倒在沙

发里——开始了一场很刺激的性爱场景。（主要场景）

（3）时间过去了。可以听到蕾切尔在浴室里洗澡的声音。弗雷德在厨房里喝了一杯威士忌。（次要场景）

（4）弗雷德再次回到客厅，脸上表现出决心。他经过客厅，走到卧室。（次要场景）

（5）弗雷德经过卧室，进入浴室。（次要场景）

（6）弗雷德进入浴室，但在他说话之前，蕾切尔拉开浴帘，展露笑容说："我爱你。"弗雷德之前已经结结巴巴地练习了他想说的关于结束这段关系的话，以防事情变得更加复杂。但在弗雷德说出他准备的话之前，蕾切尔接着说道："哦，我忘了告诉你，我两个月前就停止吃避孕药了。我之前可能提到过，对吗？" 弗雷德眼睛都突了出来，他跑出了浴室。（主要场景）

杰里米的独家内幕

搬去洛杉矶。这对很多编剧来讲都是一道痛苦的课题。你该不该搬到洛杉矶？雾霾、暴乱、森林火灾、泥石流、地震和黑帮怎么办？没错，是真的，这些都存在于洛杉矶。但如果精心挑选，你还是有可能找到更好、更安全的地方来居住。但你搬到洛杉矶不是为了住得更好，而是为了职业前景更好。

如果你想给电视写东西，那就搬来并且准备好一直住在这里。如果你想写电影，那就行动起来，把自己当作一个作家来塑造，多联系别人，给自己找个代理公司或经纪人，然后你想住在哪里都没问题。对你来讲，相较于有个洛杉矶的住址，能够写出好的作品更重要。在你找到代理公司或经纪人之后，那个地址只有他们可以看到。

但搬到洛杉矶真的会有帮助吗？会有的。我在洛杉矶的两年里，做的事情比之前在东海岸五年做的还要多。你会建立人脉，快速了解行业并且建立人脉。我刚刚说了两次人脉？这是个很值得重复的词，得让你牢牢记住。好莱坞不总是只在乎你写得怎么样，而且还在意你认识谁，真的。

提前想好主要场景对你是很有帮助的。运用场景工作表构建你故事中的每一个主要场景。按照需求安排或是重新安排它们，直到你得到一个非常有层次的故事。当你坐下来开始写剧本的时候，就会发现你可以一直不间断地写下去，填好次要场景，保存好创意的能量，让每一个主要场景都像一记上勾拳一样有力。

一些简单易学的指导……

步骤1：细节

选择一幕戏，以便展开其中的场景。把场景按照你所认为的出现顺序给它们编号。

步骤2：地点和时间

选择场景发生的时间和地点。“外（EXT.）”代表户外（外景），“内（INT.）”代表室内（内景）。

步骤3：场景种类

你可以选择用特定的情节点或故事架构元素来定义场景。这可以帮助场景不偏离轨道，径直朝着特定的目标前进。

步骤4：角色的出现

把场景中要出现的所有角色列出来，即使他们没有台词。如果你有一大群人，可以简单地将他们称为“一群人”或者其他更适合你情境的词汇。

步骤5：视觉描写

这是你描写环境的地方。这个场景是否在一个保龄球馆里发生？还是在餐厅？哪种餐厅？它看起来是什么样的？这个场景是在山顶上发生的吗？是否正赶上落日？写下所有重要的视觉细节。

步骤6：关键行动

写下这一场戏的所有主要行动。是否有车祸？是否有人被枪击了？是否有人被抓到正在抠鼻屎？这个场景中突出的是哪个行动？

步骤 7：关键对话

写下这个场景中已经在你脑海中闪烁过的任何对话。可以是一个短句“我会再回来的”或者只是简单地提醒你写对话所需的内容。

步骤 8：场景中被揭示的

每一个场景都通过揭示来推动故事前进。你的观众和角色知道了他们在这个场景刚开始的时候不知道的事。是什么事？什么样的事实会让观众想看下一个场景？

步骤 9：场景小结

为这个场景做一个简短小结，概括整个故事弧（story arc）。从起始开始，也包括高潮和场景是如何结束的。将之前的所有步骤的内容综合到一个简单易懂的只有两三句话的段落里。

场景工作表

剧本／项目：________________ 日期：________________

☐第一幕 ☐第二幕 ☐第三幕 场景号：________

☐上午 ☐外景

时间：________ ☐下午 地点：________ ☐内景

场景种类

☐情节点 I ☐转折点 ☐高潮 ☐其他：________

☐情节点 II ☐上升环节 ☐平复环节 ________

角色的出现

________________ ________________ ________________

________________ ________________ ________________

________________ ________________ ________________

________________ ________________ ________________

视觉描写

____

____

关键行动

____

____

关键对话

____

____

____

场景中被揭示的

____

场景小结

____

____

____

The Screenplay Workbook

场景工作表

剧本／项目：________________ 日期：________________

☐第一幕 ☐第二幕 ☐第三幕 场景号：________

☐上午 ☐外景

时间：________ ☐下午 地点：________ ☐内景

场景种类

☐情节点 I ☐转折点 ☐高潮 ☐其他：________

☐情节点 II ☐上升环节 ☐平复环节 ________

角色的出现

________________ ________________ ________________

________________ ________________ ________________

________________ ________________ ________________

________________ ________________ ________________

视觉描写

____

____

关键行动

____

____

关键对话

____

____

____

场景中被揭示的

____

场景小结

____

____

____

场景工作表

剧本／项目：________________________________ 日期：________________

☐第一幕　☐第二幕　☐第三幕　场景号：__________

☐上午　☐外景

时间：________　☐下午　地点：________　☐内景

场景种类

☐情节点 I　☐转折点　☐高潮　☐其他：__________

☐情节点 II　☐上升环节　☐平复环节　__________

角色的出现

________　________　________

________　________　________

________　________　________

________　________　________

视觉描写

____

____

关键行动

____

____

关键对话

____

____

____

场景中被揭示的

____

场景小结

____

____

____

场景工作表

剧本／项目：____________________ 日期：__________

□第一幕	□第二幕	□第三幕	场景号：________
	□上午		□外景
时间：________	□下午	地点：________	□内景

场景种类

□情节点 I	□转折点	□高潮	□其他：________
□情节点 II	□上升环节	□平复环节	________

角色的出现

视觉描写

关键行动

关键对话

场景中被揭示的

场景小结

场景工作表

剧本／项目：______________________ 日期：______________

□第一幕 □第二幕 □第三幕 场景号：__________

□上午 □外景

时间：________ □下午 地点：________ □内景

场景种类

□情节点 I □转折点 □高潮 □其他：__________

□情节点 II □上升环节 □平复环节 __________

角色的出现

视觉描写

关键行动

关键对话

场景中被揭示的

场景小结

The Screenplay Workbook

场景工作表

剧本／项目：________________ 日期：________________

☐第一幕 ☐第二幕 ☐第三幕 场景号：________

☐上午 ☐外景

时间：________ ☐下午 地点：________ ☐内景

场景种类

☐情节点 I ☐转折点 ☐高潮 ☐其他：________

☐情节点 II ☐上升环节 ☐平复环节 ________

角色的出现

________________ ________________ ________________

________________ ________________ ________________

________________ ________________ ________________

________________ ________________ ________________

视觉描写

____

____

关键行动

____

____

关键对话

____

____

____

场景中被揭示的

____

场景小结

____

____

____

场景工作表

剧本／项目：＿＿＿＿＿＿＿＿ 日期：＿＿＿＿

□第一幕 □第二幕 □第三幕 场景号：＿＿＿＿

□上午 □外景

时间：＿＿＿＿ □下午 地点：＿＿＿＿ □内景

场景种类

□情节点 I □转折点 □高潮 □其他：＿＿＿＿

□情节点 II □上升环节 □平复环节

角色的出现

视觉描写

关键行动

关键对话

场景中被揭示的

场景小结

场景工作表

剧本／项目：________________ 日期：________

□第一幕 □第二幕 □第三幕 场景号：________

□上午 □外景

时间：________ □下午 地点：________ □内景

场景种类

□情节点 I □转折点 □高潮 □其他：________

□情节点 II □上升环节 □平复环节 ________

角色的出现

________ ________ ________

________ ________ ________

________ ________ ________

________ ________ ________

视觉描写

____

____

关键行动

____

____

关键对话

____

____

____

场景中被揭示的

____

场景小结

____

____

____

场景工作表

剧本／项目：______________________ 日期：______________

☐第一幕 ☐第二幕 ☐第三幕 场景号：________

☐上午 ☐外景

时间：________ ☐下午 地点：________ ☐内景

场景种类

☐情节点 I ☐转折点 ☐高潮 ☐其他：________

☐情节点 II ☐上升环节 ☐平复环节 ________

角色的出现

____

视觉描写

____

关键行动

____

关键对话

____

场景中被揭示的

____

场景小结

____

场景工作表

剧本／项目：________________________ 日期：____________

☐第一幕 ☐第二幕 ☐第三幕 场景号：________

☐上午 ☐外景

时间：______ ☐下午 地点：______ ☐内景

场景种类

☐情节点 I ☐转折点 ☐高潮 ☐其他：________

☐情节点 II ☐上升环节 ☐平复环节 ____________

角色的出现

视觉描写

关键行动

关键对话

场景中被揭示的

场景小结

剧本／项目：______________________ 日期：______________

☐第一幕 ☐第二幕 ☐第三幕 场景号：________

☐上午 ☐外景

时间：________ ☐下午 地点：________ ☐内景

场景种类

☐情节点 I ☐转折点 ☐高潮 ☐其他：________

☐情节点 II ☐上升环节 ☐平复环节 ________

角色的出现

视觉描写

关键行动

关键对话

场景中被揭示的

场景小结

The Screenplay Workbook

场景工作表

剧本／项目：________________ 日期：________

☐第一幕 ☐第二幕 ☐第三幕 场景号：________

☐上午 ☐外景

时间：________ ☐下午 地点：________ ☐内景

场景种类

☐情节点 I ☐转折点 ☐高潮 ☐其他：________

☐情节点 II ☐上升环节 ☐平复环节 ________

角色的出现

________ ________ ________

________ ________ ________

________ ________ ________

________ ________ ________

视觉描写

____

____

关键行动

____

____

关键对话

____

____

____

场景中被揭示的

____

场景小结

____

____

____

场景工作表

剧本／项目：________________________ 日期：____________

□第一幕 □第二幕 □第三幕 场景号：__________

□上午 □外景

时间：________ □下午 地点：________ □内景

场景种类

□情节点 I □转折点 □高潮 □其他：__________

□情节点 II □上升环节 □平复环节 __________

角色的出现

__________ __________ __________

__________ __________ __________

__________ __________ __________

__________ __________ __________

视觉描写

____

____

关键行动

____

____

关键对话

____

____

____

场景中被揭示的

____

场景小结

____

____

____

The Screenplay Workbook

场景工作表

剧本／项目：__________ 日期：__________

□第一幕 □第二幕 □第三幕 场景号：__________

□上午 □外景

时间：__________ □下午 地点：__________ □内景

场景种类

□情节点Ⅰ □转折点 □高潮 □其他：__________

□情节点Ⅱ □上升环节 □平复环节

角色的出现

视觉描写

关键行动

关键对话

场景中被揭示的

场景小结

场景工作表

剧本／项目：＿＿＿＿＿＿＿＿＿＿＿＿＿＿＿＿　日期：＿＿＿＿＿＿＿

☐第一幕　☐第二幕　☐第三幕　场景号：＿＿＿＿＿

☐上午　☐外景

时间：＿＿＿＿　☐下午　地点：＿＿＿＿　☐内景

场景种类

☐情节点 I　☐转折点　☐高潮　☐其他：＿＿＿＿＿

☐情节点 II　☐上升环节　☐平复环节　＿＿＿＿＿＿＿

角色的出现

视觉描写

关键行动

关键对话

场景中被揭示的

场景小结

场景工作表

剧本／项目：______________________ 日期：____________

☐第一幕 ☐第二幕 ☐第三幕 场景号：________

☐上午 ☐外景

时间：________ ☐下午 地点：________ ☐内景

场景种类

☐情节点 I ☐转折点 ☐高潮 ☐其他：________

☐情节点 II ☐上升环节 ☐平复环节 ________

角色的出现

视觉描写

关键行动

关键对话

场景中被揭示的

场景小结

场景工作表

剧本／项目：________________ 日期：________

☐第一幕 ☐第二幕 ☐第三幕 场景号：______

☐上午 ☐外景

时间：______ ☐下午 地点：______ ☐内景

场景种类

☐情节点 I ☐转折点 ☐高潮 ☐其他：______

☐情节点 II ☐上升环节 ☐平复环节 ______

角色的出现

视觉描写

关键行动

关键对话

场景中被揭示的

场景小结

The Screenplay Workbook

场景工作表

剧本／项目：____________ 日期：____________

☐第一幕 ☐第二幕 ☐第三幕 场景号：____________

☐上午 ☐外景

时间：________ ☐下午 地点：________ ☐内景

场景种类

☐情节点 I ☐转折点 ☐高潮 ☐其他：____________

☐情节点 II ☐上升环节 ☐平复环节

角色的出现

视觉描写

关键行动

关键对话

场景中被揭示的

场景小结

The Screenplay Workbook

场景工作表

剧本／项目：________________________　日期：____________

☐第一幕　☐第二幕　☐第三幕　场景号：________

☐上午　☐外景

时间：______　☐下午　地点：______　☐内景

场景种类

☐情节点 I　☐转折点　☐高潮　☐其他：________

☐情节点 II　☐上升环节　☐平复环节　____________

角色的出现

____________ ____________ ____________

____________ ____________ ____________

____________ ____________ ____________

____________ ____________ ____________

视觉描写

____

____

关键行动

____

____

关键对话

____

____

____

场景中被揭示的

____

场景小结

____

____

____

The Screenplay Workbook **场景工作表**

剧本／项目：________________ 日期：________

☐第一幕 ☐第二幕 ☐第三幕 场景号：________

☐上午 ☐外景

时间：________ ☐下午 地点：________ ☐内景

场景种类

☐情节点 I ☐转折点 ☐高潮 ☐其他：________

☐情节点 II ☐上升环节 ☐平复环节 ________

角色的出现

________ ________ ________

________ ________ ________

________ ________ ________

________ ________ ________

视觉描写

____

____

关键行动

____

____

关键对话

____

____

____

场景中被揭示的

____

场景小结

____

____

____

场景工作表

剧本／项目：______________________ 日期：__________

☐第一幕 ☐第二幕 ☐第三幕 场景号：__________

☐上午 ☐外景

时间：________ ☐下午 地点：________ ☐内景

场景种类

☐情节点 I ☐转折点 ☐高潮 ☐其他：__________

☐情节点 II ☐上升环节 ☐平复环节 __________

角色的出现

视觉描写

关键行动

关键对话

场景中被揭示的

场景小结

The Screenplay Workbook

场景工作表

剧本／项目：______ 日期：______

□第一幕 □第二幕 □第三幕 场景号：______

□上午 □外景

时间：______ □下午 地点：______ □内景

场景种类

□情节点 I □转折点 □高潮 □其他：______

□情节点 II □上升环节 □平复环节 ______

角色的出现

视觉描写

关键行动

关键对话

场景中被揭示的

场景小结

下一步怎么走

好的，现在你填好了所有的表格。很棒——你已经有了自己的故事！比起你的叔叔菲尔，你更了解你角色的人生！剧本已经有了你想要讲述的故事蓝图。那现在呢？

写作前的准备工作已经完成了，现在开始真正的写作。这时你该打出“淡入”(FADE IN)，敲击回车键两次，然后打出“内景（INT.）”等。这次你就不会只是看到一页充满了无数可能性，让你两眼空空、毫无头绪、走神打瞌睡流出口水的白纸。这次你有了可以遵循的方向和道路。这就是令人激动的部分：你拿出已经填好的表格，把它们好好地派上用场。

但是，如果你之前从未写过剧本，那么在你打出“淡入”之前你有更多的准备工作要做。当然，你也可以马上开始写作（有些人更能从自己犯的错误中学习），但我们建议，下一个符合逻辑的步骤应该是：学习按照剧本格式写作。这点再怎么强调都不为过。如果你把剧本写得像小说甚至戏剧，你是在浪费时间。除非你是写着玩玩的，否则只会把还未到来的成功推得更远而已。

那到底怎样能够学会剧本的格式？其实并不难做到，这也就是为什么不符合格式要求的人会被拒稿。如果你连如此简单的事情都不愿意花时间去学，我们为什么要相信你会花时间学习写作？毫无疑问，保证格式合乎规范的最好方法就是用剧本写作软件。我推荐 Final Draft。如果你买不起 Final Draft，上网看一看免费的 Word 插件，或者关于格式的指导。这些方法不如 Final Draft 可靠，但总强过什么也不做。查看本书后面所附的资源部分，可以找到有用的链接。

最后，如果你想把剧本写作当成职业，仔细听好……或者更准确地来讲，仔细看好：坚持每天写作。这也许是一个作者能提供的最老套的建议，但看看是谁给的这个建议——世界上被人熟知的每一个成功的作者。这是有原因的。写作行业竞争十分激烈。世界上的作家比给作家这种职业留出的位置要多。当一个跑步者想跑马拉松的时候，他会做些什么？他们每天都会跑，即使只是一两公里。

想更加擅长做某件事的唯一方法就是经常去做这件事。

这是我们能给的最好的建议。那么就开始吧！还在等什么？别再读下去了，赶紧去填那些工作表，去写剧本吧！

祝你好运！

杰里米和汤姆

嘿，既然你看完了，为何不给我们留言呢，我们很乐意听到你的意见！让我们知道这些工作表是怎样帮到你的，也欢迎你为改进工作表提出建议。我们很可能在下次修订这本书的时候用到你的主意！可以联系杰里米：info@offcameraproductions.com，汤姆：info@vanmungo.com。

附录 1

网络资源

ONLINE RESOURCES

ABSOLUTE WRITE

“ABSOLUTE WRITE 是一个很受作者欢迎、为作者服务的网站，内容包含剧本写作、自由写作、小说写作及非虚构写作等。每周简讯包含专栏文章，对作者、代理和制作人的采访，幽默笑话，市场情报和比赛信息。你能得到顶级编剧的建议，而且订阅后，还可以获得一本免费的电子书。”对于编剧或非编剧来说，这都是一个包含众多好资源的网站。它还有能让你为之一笑的关于写作的笑话和幽默专栏。

http://www.absolutewrite.com

BABYNAMES.COM

需要帮你的新角色取名？来这儿就对了。在这儿你可以检索名字、名字的含义、有特定开头或是结尾的名字。这里的名字真的很全。即使你是个取名天才，为了好玩来检索一下也是很值得的。

http://www.babynames.com

BARTLEBY PROJECT

“卓越的网络出版机构，出版文学作品、参考书和诗歌，学生、学者和渴求知识者可以无限访问这里的书籍和网络信息，而且都是免费的！”网站做得太好了，我的蝙蝠侠！多好的一个网站。你可以访问全本威廉·斯特伦克（William Strunk）的《风格的要素》（*The Element of Style*），钦定版《圣经》，亨利·格雷（Henry Gray）的《格雷解剖学》（*Gray's Anatomy of the Human Body*）和全部的莎士比亚剧作！还有更多的资源！这个网站能够真正刺激文学大脑。最棒的是，它是百分百免费的！

http://www.bartleby.com

CLICHÉ FINDER

“你是否曾经查找过想拿来用的恰当的老旧套词？你是否在思考包含‘猫’或者‘日子’等词汇的老旧说法但一个也想不出来？这个网站会帮助你解决这些问题。”不论是想使用一个老旧的词还是想避开它，这都是一个完美的资源库。当然，对你来讲这个网站可能不值得写信报告给家里（write home about）的。啊哈！看到了没？这就是 CLICHÉ FINDER 的实际应用。

http://www.westegg.com/cliche

CREATIVE SCREENWRITING MAGAZINE

“讨论组、分类目录、过期期刊、订阅信息、大量的文章和采访，编剧可以在这里获得培训和获知信息。这是编剧每月必读的不多的几份杂志之一。”有比这说得更好的吗？你是个编剧，关于剧本写作的杂志你应该读得最多！如果你破产了，就像大部分编剧那样，直接去书店，买杯咖啡在那里读。再说了，如果你可以付得起一杯昂贵的书店咖啡，就能买得起一本杂志！

http://creativescreenwriting.com

CRIME LIBRARY

在这里可以随时找到成千上万最臭名昭著罪案的深度报道和新闻，它们都是些非常有趣却让人胆战心惊的真实犯罪案例。对可恶行径的记录可能会让你感到寒意逼人，但它们却是惊悚片、恐怖片和犯罪片剧本的绝好材料。

http://www.crimelibrary.com

DICTIONARY.COM

如果你没有字典和词典而且太穷了买不起，这是一个很好的替代品。事实上，这个网站可能比实体版字典更好。当你写作的时候把网页打开，如若需要，就转到此网站，输入你的疑问，你将会得到无数的词汇。这个网站是一个名副其实的时间节省利器。

http://www.dictionary.com

DONE DEAL

“提供好莱坞的每日新闻，剧本推介、大纲和预订情况，行业人士的采访，剧本写作软件和书评，业内建议，代理公司、法务公司和制作公司列表，比赛信息，专栏，留言板和聊天室，合同样本，剧本页面以及更多内容。”Done Deal 早就是我们的心头好。他们的业界销售列表一直都是值得一看的。这个网站也许不是最漂亮的，但很容易浏览，而且总有许多有用的信息。

http://www.scriptsales.com

DREW'S SCRIPT-O-RAMA

这个网站有很多剧本供你下载享受，包括动画、电影剧本、电影剧本副本、电视剧本、未能制作的剧本、电影俳句[1]和剧本大赛链接。这是能让你接触到免费剧本的好资源。但请确保不要用这里的剧本格式来写作：为了适应网页，大部分剧本格式都是错误的。DREW'S SCRIPT-O-RAMA 现在有两个版本：旧版本（我认为更容易浏览阅读）和新的活泼多彩的版本，新的很好看，但并不是非常实用。

http://www.script-o-rama.com

E-SCRIPT

"E-script，网络上的剧本写作工作坊。提供在线的、个性化的课程和电视、电影写作工作坊。注册者可以一对一与专业作家和故事编者一起工作。在上 E-script 课程的时候，作者每周会收到指导和练习作业，指导他们开始一部剧本的写作；在工作坊中，作者们会撰写电影剧本或者他们选择的电视项目草稿。在这两种课程中，他们都会接收到不间断的、针对个人的专家指导和反馈。"我个人因为没有上过这个网站的任何线上课程所以不能保证它的效果。但如果线上课程能够让你喜欢，而你正好没动力自学网上的信息或阅读数不胜数的剧本写作教科书，这也许就是你要找的网站。

http://www.singlelane.com/escript

FADE IN: MAGAZINE

如果你喜欢纸质版的 Fade In 杂志，那么线上版的 Fade In 也是很值得你细读的，而且不用花钱购买。在这个网站上可浏览纸质杂志上的评论、外景地报道和两篇专栏文章。网站会弹出一个小广告——开始时还能忍，但长时间浏览会觉得它很烦。

http://www.fadeinmag.com

FILM THREAT

"FILM THREAT 的使命是支持快速发展并超受欢迎的独立电影和地下电影。这十年来，FILM THREAT 涵盖了邪典电影（cult film）、地下短片、另类电影（alternative

① 一种仿照日本俳句撰写的关于电影的简短概括。——译注

film）和独立长片。杂志在 1997 年停刊，但依旧在网络上运行着。”这个网站是经过精心设计的，有效呈现了所有你可以想象到的大量主题的信息……好吧，也许你找不到任何关于治疗指甲癣的信息，但这不是更好吗？如果你是个独立电影或者地下电影狂热者，去看看这个网站。你不会失望的。

http://www.filmthreat.com

HOLLYWOOD SCRIPTWRITER

这是一本很不错的关于剧本写作的杂志，包含行业新闻、创作技巧和观点分析等。内容向来都是很不错的，但是不够满足需求。比起货真价实的杂志，它更像一份通讯简报。你可以在网上读到杂志里的一些文章，也可以订购杂志。

http://www.hollywoodscriptwriter.com

HOW STUFF WORKS

“无数人形容 How Stuff Works 网站上的内容是可靠、准确和富有娱乐性的。运营这个网站的公司曾获得过诸多奖项，网站创立之初是为爱好者服务的，现在则通过多种媒介每月向上百万的读者提供清晰且十分吸引人的内容。在国际上，How Stuff Works 被看作是行业运作方面的头号信息提供者，它的内容将世界的里里外外都解释清了！”编剧通常不会在写作以外的其他方面上做太多的研究，所以我们需要一个能够了解事物运作方式的地方，否则我们的剧本会变得不可靠。这个网站是做此事的绝好资源。但是也要注意，这里弹出的小广告非常多。

http://www.howstuffworks.com

MOVIE BYTES

“剧本写作比赛和线上集市。Movie Bytes 网站的特色在于它是一个关于剧本写作比赛的综合数据库，并且还出版过免费的电子邮件简报。Movie Bytes 也拥有另一些网站：WhosBuyingWhat.com，新近剧本销售的线上数据库；MyScreenplays.com，提供线上提交剧本的跟踪服务；WinningScripts.com，大赛中获胜作品的数据库；WriterBytes.com，特别为作者设计的新型网络博客服务。”看起来这些人已经把能做的都做了。啧啧。如果你正想找一个大赛来参加一下，这绝对是你该去的网站，毫无疑问。哦天，对了，他们还有一个非常棒的版面叫作“招募写手”（Writer's Wanted），那里列有很多正在找写手的制作公司。

http://www.moviebytes.com

OFF CAMERA PRODUCTIONS

为自己打广告有啥错？你正拿在手里的这本书的作者——杰里米·鲁滨逊的主页就是 Off Camera Productions，网页上全是有关杰里米的最新项目的消息，还有宣传海报、书籍封面和剧本情节概要一览。

http://www.offcameraproductions.com

THE ONLINE COMMUNICATOR: WRITING

这里有很多关于电影、音频和互动多媒体写作的信息，但网页设计得非常糟糕和烦人，让人分神。然而，真正的拓荒者会在这里找到一些有用的信息。

http://www.online-communicator.com/writing1.html

SCREENPLAY.COM

“Screenplay.com 是免费的、面向创意写作者的终极网站。它提供大量的工具和资源，涵盖舞台剧本、电视剧本，当然还有电影剧本。网站隶属于 Write Brothers 公司（原 Screenplay Systems）。自 1990 年起，超过 80% 的奥斯卡奖和艾美奖提名者在制作作品的过程中都用过 Write Brother 公司的软件！”忽略以上的描述，这个网站看起来主要是推广软件。网页也许是免费的，但那些软件是要花钱买的。但是，在资源区还是有一些有价值的链接和文章。

http://www.screenplay.com

SCREENWRITER'S RESOURCE CENTER

拥有很棒的剧本写作链接和软件等资源的网站。由 National Creative Registry[①] 的员工编辑。话说在前头，Screenwriter's Resource Center 只是一个访问其他网站的中转点而已。他们不提供任何原创内容，只有其他网站的链接。但如果你需要一个起点，也许这里就是。

http://www.screenwriting.com

SCREENWRITER'S UTOPIA

① 该机构为原创作品提供知识产权登记服务。——译注

这个网站塞满了信息、指导性文章、新闻和十分有趣的剧本评论。不要太过频繁地浏览它。那些评论是对普通电影评论有趣的补充，尤其对编剧来讲格外有趣（至少它试图让你这么觉得）。你还可以看到剧本买卖信息，只不过这部分设置在一个特殊界面，不是很方便浏览。值得一看吧。

http://www.screenwritersutopia.com

SCRIPTCRAWLER

一个能搜索、下载剧本的数据库，很不错。在这里，所有提供剧本下载的网站都可以显示出来。然而，有些链接是失效的。很多剧本都可以在这里找到，甚至是一些很难找的剧本，但是点一下搜索按钮之后可能会发现链接是无效的……还有比这更让人失望的吗！这个网站有个很好的概念，执行得也不错，只是需要减少这些失效链接的数量。

http://www.scriptcrawler.net

SCR（I）PT MAGAZINE

"《Scr（i）pt》杂志的线上版本。最佳的剧本写作资源，提供剧本评估（coverage）、校对、事实确认（fact checking）和线上剧本写作班。《Scr（i）pt》杂志网站同样适合善于利用互联网的编剧，为他们提供成百上千有用的剧本写作网站的链接，链接都是有效的，能够帮助编剧写出拥有完美架构的剧本。"又一个必须要看的杂志网站，信息量很大。我听说他们有一篇很有趣的文章是关于科幻小说和科幻电影的区别……嗯，应该是值得一看的。

http://www.scriptmag.com

SCRIPTWARE SOFTWARE

"通过Scriptware剧本写作软件，你可以以最快、最简单和最有力的方式把你脑中的故事以符合专业要求的格式写在纸上。"好吧，这些是网站自己说的，所以一定会是真的，对吧？当这个软件与其他软件相比较时，比如Final Draft——我和大多数在电影行业的从业者都使用后者，说实话我从没用过Scriptware，我不能比较哪个更好。当然，你可以下载两者的试用版之后自己决定。

http://www.scriptware.com

SCRIPT WRITING SECRETS

这基本上是一本线上的剧本写作教科书。至于为什么作者在网上发布了他的书，而且让所有浏览这个网站的人都可以免费看到，我实在不知道。但管他呢，这是一本免费的剧本写作教科书！记住了，这本书讲的是怎么用格式规范你的剧本。整本书都在讲格式！嘘，我想我们太过沉迷于格式了。但说真的，如果你需要学习剧本格式又买不起 Final Draft 或者其他剧本写作软件，看看这个网站。

http://www.scriptwritingsecrets.com

SIMPLY SCRIPTS

“各类电影剧本和誊写本的绝佳资料。可以读到电影剧本、电视剧本、广播黄金时代的广播剧剧本、动画剧本和戏剧等。来看看网上当红作家的原创剧本展示。”Drew 要小心了！竞争来了！这里能找到很多剧本，而且搜索引擎也非常不错——可以极快地找到剧本，但是小心，这个网站到处都是弹窗广告。

http://www.simplyscripts.com

TRANSLATE A FOREIGN LANGUAGE

基于网络的翻译服务，而且是免费的！可把英语翻译成西班牙语、法语、德语、葡萄牙语和意大利语等。通常别的网站在把英文翻译成西班牙语或其他语言时，一次只能翻译一个词，但这个网站不仅能一次性翻译一整句，还可以翻译整段话，最多能容纳 10000 个字符。其他语言的剧本用这个翻译很合适。不过退一步来讲，它提供的并不是百分百准确的翻译——就像拼写检查一样，只能做到这一步了——不过，它算一个很好的开端吧，非常实用。

http://www.freetranslation.com

WORDS FROM HERE

哦，这是一个 Flash 动画网页。“Wordsfromhere.com 是在绿光项目（Project Greenlight）创立之后建立的，意在成为各类作家的聚集之地。”它包含了同行的小组评论，代理公司和制作公司的链接，同时还有每周作家、电影评论和每周精选。他们的“最终目标”是“为从东海岸到西海岸的作家们创造一个社区”。它拥有非常好的想法。

非常好的界面设计。

http://www.wordsfromhere.com

WRITEMOVIES.COM

这个网站就如他们所说的："是一个国际化的电影产业中心，点击量已逾百万，并且与超过2500个全球电影产业网站建立了联系。"说来难以置信，它提供的版本包括英文、西班牙文、葡萄牙文、法文和德文。浏览者的第一印象让他们觉得这只是一个单纯的剧本写作比赛网站，但仔细看后会发现它其实是一个剧本咨询服务网站，有大量的行业新闻和写作小贴士。

http://www.writemovies.com

THE WRITER AT WORK

"理查德·克兹米安（Richard Krzemien）创作的《工作中的作家》（*The Writer at Work*）是一个混合了《呆伯特》（*Dilbert*）的工作世界和《月球背面》（*The Far Side*）的荒唐行为的免费漫画周刊。"这些卡通漫画以幽默的方式呈现了作家的生活。实用的资源很少，但是笑点很多，更别提理查德是一个极有风度的男人。理查德，赞一个！

http://www.thewriteratwork.com

WRITERS GUILD OF AMERICA（美国编剧工会）

如果你是编剧，或者想成为编剧，但还不知道什么是美国编剧工会，那就赶紧看看这个网站。事实上，即使你只是略微熟悉编剧工会，这也是一个相当好的网站。这里有很多为编剧权益战斗的组织资源。而且现在甚至可以线上注册自己的剧本了！耶！

http://www.wga.org

WRITER'S WRITE：SCREENWRITING

各类文章、留言板、分类消息、新闻和制作公司的链接。网页界面设计有些乏味，但内容是相当好的。大多数编剧都能在这里找到一些有用的信息。这个网站其实是关于各类写作网站的 Writer's Write 的一个小分支。所以如果你对其他形式的写作感兴趣，只要在网址中删除"/screenwriting"就行了！

http://www.writerswrite.com/screenwriting

附录 2

编剧法务实用指南

如是娱乐法 出品

生活不易，创作更不易。作为编剧的你一定深知，创作剧本无异于和自己的脑细胞进行一次艰苦卓绝的战斗。眼熬花了，头发熬白了，心力交瘁了，才能写出那么一纸数行。你一定知道，在这个信息爆炸的年代里，有那么一点点新奇的想法是多么的宝贵，你也一定深有体会，看着自己心里的故事一点点汇聚到纸上，一幕幕地拍摄出来，得到一位位观众的认可，是一件多么快乐的事情。

然而，残酷的现实也一定让你揪心。写出剧本只是万里长征的第一步。你还得把自己的剧本“推销”出去。在这个过程中，你得不断和制片公司沟通，和代理公司纠缠，和法务部门鏖战。且不说作为编剧的你，可能并不懂谈判、代理、缔约中的种种门道和技巧，更关键的是，无论哪一个过程，编剧都是事实上的弱势一方。如果稍不小心，就可能掉入法律或者商业的陷阱。

怎么办？“如是娱乐法”公司选择和广大的编剧站在一起。为此，我们特地编撰了这本法务实用指南小册子。我们选择了编剧最为关心的问题，内容涵盖从创作到电影拍摄的各个阶段。“如是”将以自己对法律的熟稔和为编剧服务所积累的丰厚经验，悉心为您做出解答。

1　剧本创作

当你独立创作完成一个剧本、一则短篇小说哪怕是一首诗，你都享有创作内容所对应的著作权。著作权意味着你可以享有和你所创作内容有关的一系列人身权利、经济权利和利益。例如，你可以决定是否发表自己的作品（发表权），你可以在自己的作品上署自己的名字（署名权），你可以修改自己的作品（修改权）、制止他人随意篡改自己的作品（保护作品完整权）。当然，你也可以决定是不是允许别人复印自己的作品（复制权），把自己的作品改编为电影、电视剧、戏剧、游戏脚本（改编权），你还可以决定你的作品是不是可以在网络上传播（信息网络传播权）……一句话，如果你创作了一项作品，你就是它的主人。

然而，在这个过程中，也充满着各种不确定性和风险。只有满足一定条件，你才能够享有法律许诺给你的权利，才能更有效地从你的作品中获得收入，才能防止他人侵犯你的权利。

当你心中已经有了创意，如何对现在的新想法进行保护和使用呢?

（1）当你刚有一个创意，应当怎样保护?

当然是写下来！要知道，保护“表达”而不保护“思想”是世界上所有国家著作权法中通行的原则。如果创意一直作为一个想法或灵感停留在你的脑海里，就随时有可能被别人捷足先登。因此，通过进一步的细化，将创意转化为具体的表达并及时记录下来，让创意衍化为享有著作权的实在内容，才是保护创意的不二法门。

当然这只是第一步。因为即使你的创意已经变成了受《中华人民共和国著作权法》（以下简称《著作权法》）保护的表达，也可能会被人全盘抄袭，那人还会狡辩说：“这也是我自己想出来的！”因此，你还得让全世界“知道”你才是原始作者。

你首先要做的就是署名，根据《著作权法》第十一条的规定：“如无相反证明，在作品上署名的公民、法人或者其他组织为作者。”所以，署名是你表明作者身份的第一步，具体来说，采用手写、水印、印章等不容易被更改的方式会更好。

再者，如果你的作品字数较多，超出了1万字的话，进行版权登记会是一个不错的选择，毕竟著作权登记证明的权威性对于主张权利来说还是很有意义的。

或者，你还有一个选择，那就是将作品发表出来。所谓发表，就是将思想、观点、文章和意见等通过报纸、书刊或者公众演讲等形式公之于众，在影视行业，创意被改编为电影、电视剧、微电影等视听作品也属于发表。

但是，写出剧本、进行登记之前，你不得不和制片人或制片公司交流自己的创意，在推介的时候，怎么防止自己的创意被剽窃呢？这时候，建议你严谨地选择制片公司，不要轻易将剧本的文稿发给对方或者留给对方。给制片公司看剧本的时候尽量拿纸质版，所有看的人都签一份保密协议，直到对方决定购买你的剧本。这样做并非在剧本泄露的时候一定要求对方承担违约责任，而是为了一旦作品被剽窃，你至少有强有力的证据证明对方看过你的剧本，与对方谈判的时候也有一定的筹码，甚至，一旦进入诉讼程序，这样的操作方式更利于法院认定对方侵权或者违约。

不过，如果你没有对创意进行任何加工、细化使其固定在特定的作品上，又或者他人仅仅是借鉴了你的一个想法，那么在现有的《著作权法》保护体系下，要保护创意还是比较难的，不过话说回来，你也可以借鉴他人的好创意。

（2）版权登记需要满足什么样的条件？

虽然创作本身就可以自然取得版权，但进行版权登记可以更清楚地表明版权归属并形成强有力的权利证明。

注意，并非只有剧本定稿才可以办理。在剧本未完成前，故事梗概分集大纲均可以办理版权登记。当然，也并非所有材料都应该登记，版权登记需要一定的费用，耗时也很长，在时间和成本有限的情况下，选择最重要的内容进行登记才是明智的做法。

我们建议当创作材料超过1万字时就应当进行版权登记。无论是对于剧本，还是对于故事梗概、分集大纲来说，只有这样的文字容量才能容纳一个剧本的核心思想、主要角色、基本情节和主要戏剧冲突，才能体现编剧为剧本付出的独创性劳动，进而更有效地通过主管机关的审查。

（3）如何进行版权登记?

办理版权登记，你需要向作者所在的省、自治区、直辖市的版权局提交申请。如果你是外国人，或者是中国台湾、香港、澳门地区人士，则需要向国家版权局中国版权保护中心提交申请。

首先，你需要去省市版权登记中心网站上登记。中国版权保护中心的网址为：http://www.ccopyright.com.cn，北京市广播电视局版权业务申报页面的网址为：http://gdj.beijing.gov.cn/bsfw。

以中国版权保护中心为例。输入网址后，进入中国版权保护中心网页首页，在“版权登记”板块，点击“作品登记”进入注册页面，登记并下载需填写的表格。

接下来，你需要按照网站的要求整理相应的材料，并提交给相应的版权局（版权保护中心)，一般来说这些材料包括：作者或其他人的身份证明文件；作品；作品说明书；权利保证书；作品登记表委托书等。

如果材料不符合作品登记条件，你将有60天的时间对材料进行补正，之后如果确认无误，将在30个工作日内办理登记证。至此，你就走完了版权登记的漫漫长路。

当然，你也可以考虑请专业的版权登记代理机构帮你做这些事情。不过，版权登记代理机构良莠不齐、鱼龙混杂，这是如今的市场现状，在确定代理方时，可得擦亮眼睛。采用这种方法时，首先，可以先通过全国企业信息网对版权代理机构进行查询，同时登录其官方网站了解大概情况；在具体的沟通过程中，需要询问清楚代理机构的业务状况，同时对比不同代理机构的报价信息，从而做出决定，如果条件允许，最好要求其签署保密协议；同时，即使选择了一家代理机构，也应当提前去版权登记中心网站了解需提交的相关材料与代理机构的要求是否符合，以防提交的材料被用作他途。

（4）有人提出购买你的剧本，你应当怎么办?

如果你希望自己的作品有机会被进一步开发，当有制片公司、代理公司抛出橄榄枝时，你应当积极展开洽谈。首先要了解对方的基本信息与开发过的作品等事项，以确定对方是否值得接触，其次在洽谈过程中需要注意以下几点。

如是娱乐法

1分钟搞定剧本著作权登记

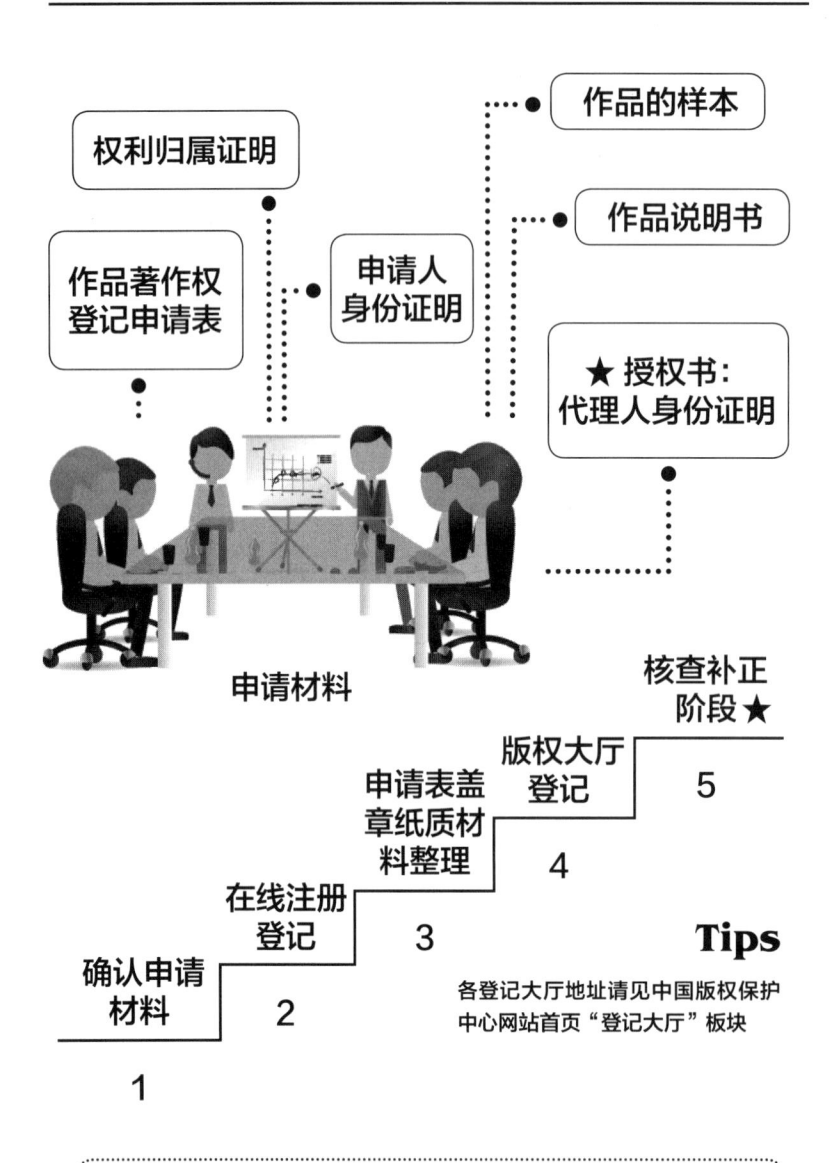

权利归属证明

作品的样本

作品说明书

作品著作权登记申请表

申请人身份证明

★ 授权书：代理人身份证明

申请材料

1 确认申请材料

2 在线注册登记

3 申请表盖章纸质材料整理

4 版权大厅登记

5 核查补正阶段★

Tips

各登记大厅地址请见中国版权保护中心网站首页“登记大厅”板块

重点： 核查补正阶段

实质审查 →《补正通知书》→ 补正材料提交 60 天 → 确认无问题 → 30 个工作日颁发登记证

第一，只要没有签署正式的合约或保密协议，就不能将自己剧本的核心内容发送给所谓的交易伙伴，剧本的核心情节、核心人物以及其他具有独创性的要素等都在此范围内，也就是说，除了基本的故事脉络、少许的片段情节之外，最好都不要透露给对方。即使你非常信任他，也不能轻易这样做，因为你信任他，并不代表他懂得遵守编剧行业的交易规则，一旦他把内容发给第三方（他不是出于恶意），第三方有可能造成剧本泄露。

第二，在接到邀约时不能兴奋过头，要明确对方的合作意图（尤其要确定对方是否真的是为了开发作品，以及开发的形式是什么）。为了明确对方意图，在沟通过程中，要真诚，但不要轻易被好处诱惑。具体来说，你需要了解这些事情：对方是否提供了具体的合作方案、回报方式、对价，以及是否确定了下一步具体的谈判时间等。一般找到你的人不会是最终拍板的人，所以在口头约定之后，可能还会有变数（比如对方老板不同意）。那么，对于编剧来说，最好的办法就是尽早将沟通推进到合同谈判层面。

第三，如果对方将了解作品的详细内容作为合同谈判的前提，那么一份保密协议就成了防止低成本抄袭的重中之重。一方面，这能对对方起到很好的提示作用。另一方面，保密协议的法律效力，也为保护自己的权益设置了最后的底线。

最后，一旦出现损失（比如对方拿走了剧本却不支付费用），不要忘记及时保留证据。证据是获得司法救济的重要前提。这些证据包括双方的往来邮件、电话录音、合同起草过程中产生的各种文件等，在特定时刻，这些证据将发挥十分关键的作用。其实这些也不需要花费特别的精力，对短信、邮件随手截图是很好的办法。

2　剧本交易

那么，虽然你有了维权的意识，但是在与投资方交易的过程中，你还是要特别谨慎。最终能拿到怎样的权利，还要看编剧的地位和履历，优秀的编剧能获得更多——这是天经地义的。我们在此根据法律和行业惯例，并结合不同级别编剧可能享有的待遇和权利，对交易中遇到的常见问题进行相应的介绍。

（1）什么叫把自己的剧本“卖”给别人呢？

在编剧独立创作了一部剧本（并非履行委托创作合同约定）时，编剧是可以通过合法的手段将自己的剧本“卖”给别人的，那么著作权中的哪些部分可以“卖”？怎么“卖”呢？

首先，“卖”剧本实质上卖掉的是编剧著作权中的财产权利。编剧作为著作权人，享有《著作权法》上规定的诸多人身权利和财产权利。依照《著作权法》第十条的规定，著作权人享有的著作权分别为发表权、署名权、修改权、保护作品完整权、复制权、发行权、出租权、展览权、表演权、放映权、广播权、信息网络传播权、摄制权、改编权、翻译权、汇编权以及“由著作权人享有的其他权利”。一般而言，署名权等人身权利无法转让。具体“卖”出的权利，应当在转让或许可使用合同中明确规定，合同中未明确许可、转让的权利，未经著作权人同意，另一方当事人不得行使。

所以卖剧本，实际上是编剧以一定的酬劳为对价，向制片公司许可或转让一定著作权财产权的交易。

（2）如何鉴别靠谱的中介？

通常编剧行业所称的“中介”指的是一些开展剧本代理或者版权代理的机构。由于编剧很多时候写完剧本可能没有时间和精力自己去推介给制片方，为了方便起见，就会将剧本授权给剧本（版权）代理机构，再由版权代理机构和制片方或发行商洽谈。由于版权代理机构会同时掌握大量剧本的授权，也更加了解编剧、制片方、发行商的信息，因此更容易将合适的剧本推荐给合适的制片方。故而剧本代理也不失为一种提高交易效率的方式。

但现实情况往往是，有些“不靠谱”的中介会滥用其信息优势的地位，损害甚至压榨编剧的利益。因此和中介进行洽谈时，必须谨慎判断，小心翼翼地绕开不靠谱的中介。我们提供两点较为合理的建议。

首先，你可以通过直接询问、利用互联网或其他信息渠道，对中介进行一些简单的“尽职调查”，调查内容包括：交易对象的基本信息；交易人士的工作或授权证明；制片人、剧本购买者的历史交易信息；调查他们是否存在负面新闻等。

其次，在沟通过程中，你也可以利用自身的经验，对其专业性和信誉做出判断，如是否积极、真诚，接洽程序是否规范，是否遵守行业交易惯例，网站、微博、公众微信号等宣传渠道是否正规，是否具有统一标识，出价是否合理等。如果你认为自己尚缺乏独立评判的能力，可以咨询相关的行业专业人员或法律咨询机构，听取意见。

通过对中介的初步了解和排查，可以有效地规避风险较大的中介，减少日后合作中的风险。

（3）面对剧本的购买者，究竟以什么方式卖剧本？要签署哪些文件？

判断购买者基本靠谱后，就可以和购买者进一步协商交易的细节。不过，这时候也不要掉以轻心，应谨慎对待。

首先，要明确自己需要签署的合同性质，即究竟是以什么样的方式出卖自己的剧本。依据《著作权法》和司法实践，编剧卖剧本主要通过“著作权许可使用”和“著作权转让”完成。“许可使用”指的是编剧许可他人以一种或者多种方式使用自己的剧本，被许可人获得的是一项或者多项使用权。比如，编剧许可制片公司将自己的剧本改编成电影，从而获得报酬，这实际上就是对剧本摄制权的出卖。而“转让”指的是编剧将著作权财产权利中的一项或者几项，以合同的方式转让给他人所有。

“转让”和“许可使用”的区别在于“转让”使编剧永久性失去部分著作权，也就是说，编剧从此丧失了已经转让的权利，受让人成为新的权利人。而“许可使用”并不会影响编剧作为著作权人的地位，使用人仅仅有权使用，并且编剧可以和使用人约定使用的期限、方式、是否独家（独家意味着编剧不能再将同样的权利许可第三方使用，一般来说制片公司都会要求独家的摄制权）等。

其次，要了解在签署合同的同时是否还要出具其他文件，比如授权书就是经常作为合同附件的重要文件。很多时候，制片公司会要求编剧在正式的合同签署前先行签署一份授权书。

这时，编剧要防止制片公司在授权书上做文章。

防止授权书与原合同内容不同　授权书是为了出示方便而出具的简要文件，也就是正式合同排除交易价格后的部分条款内容，一般包含权利授权的期限、范围、内容、行使限制这些核心内容，起到证明的作用，作为附件，与主合同有同等的法律效力。所以，一定要严格检查授权书的内容是否与原协议相同，如果授权书的范围写得比原协议大，或者简略、遗漏了限制条件，都可能产生对编剧不利的后果。

防止以立项为由先签署授权书代替交易合同　以影视项目为例，制片公司往往需要编剧另行出具授权书才能在广电管理部门进行剧本立项。在这种情况下，有些编剧抱着反正这并非正式合同的想法，所以草草地签署了授权书，这样其实是非常危险的。如果双方未能就正式合同的条件达成一致，而编剧却签署了授权书，制片公司很可能凭借授权书的内容主张已经获得授权，进而拒绝向编剧支付报酬。所以，一旦这样“倒置”的情况发生，编剧应当在主合同中加上排除冲突条款：“为立项而出具的授权文件与本合同存在冲突的，以本合同为准。”

所以，编剧一定要清楚自己签署的文件的目的、具体内容之后再签字，且在正式合同文本签署前不要草签授权书，别等到被坑之后再后悔。

（4）怎样能让自己的剧本卖得好？

所谓剧本卖得好，其实就是编剧通过剧本的权利许可实现剧本的价值最大化，使得剧本能卖出好价钱、产出好作品。一般来说，这主要依靠三个因素：编剧地位、市场需求以及授权方式。

大咖们总是最有话语权，如果编剧已经在行业中有一定的知名度并产出过一些不错的作品，那么在价格谈判上将会非常有优势，而相对的，刚起步的编剧则需要耐心一些，先积累经验，在价格上做出适当的让步。

市场需求也可以称为“题材热度”，比如青春题材与科幻题材故事的热捧就体现了热度的重要性，或者，某几个公司同时抢一个剧本的时候，价格就可能自然抬高。

至于授权方式，其实是剧本交易中编剧最应当重点关注的问题之一，也是常被许多编剧忽略的问题（甚至有些大编剧）。所谓授权方式，广义上包括编剧许可制片公司的权利类型、行使渠道、授权性质（独家或非独家）以及其他必要的限制等。以摄制权为例，编剧可以将其划分为电视剧、电影、戏剧、网络剧等不同形式的摄制权，分别许可给不同的制片公司，而且针对不同的形式采用不同性质的授权（比如网络剧一般可以采取非独家授权，电影多为独家授权）；同时，即使是独家许可，也要对许可的权利进行一定的限制，比如如果制片公司因故在两年内未对剧本投入拍摄，那么编剧就有权收回授权，重新出卖给其他制片公司。这种针对不同类型的权利进行分渠道授权的方式，相当于对剧本的分散投资，以达到减少风险、实现收益最大化的效果。

总之，要慎重慎重再慎重，谨慎地对待合同中的每一项条款，了解其处理的问题以及可能涉及的权利。切记不要草草签字，而是要清楚地告诉剧本购买者：“我需要将合同拿回去仔细看两天。”如果自己实在无法确定的，不要忘了寻找专业人士的帮助。

3 编剧权利

问题来了，在剧本交易过程中，编剧应当怎样审查合约？当然要关注编剧的各项权利，那么，编剧应当谈判哪些权利呢？

当然，最终编剧能拿到怎样的权利，还要看编剧的地位和履历，而我们主要讲谈判技巧：按照一般的行业规矩，各种级别的编剧应该能谈到什么样的待遇和权利。

（1）第一要务：获得报酬权

获得报酬是一定的——除非你出于友情，或者还有别的生财之道，从而把自己的作品免费许可。无论新人还是大咖，写剧本支付报酬都是编剧这个职业的最基本行规，因此，拖延报酬、不支付报酬、骗取编剧劳动成果的行为就等于侵犯了编剧获得报酬的权利。

然而，在实际的工作中，制片公司不会直接说“我不给你钱你给我写剧本吧”，而是以这样的招数——

招数一“你先写，写出来个大纲咱们再给首付款。”

按照行业惯例，一定要先给定金，一切不给定金就让创作的行为都是耍流氓。制片公司应当能够通过写作示范和个人履历判断编剧的创作能力，如果它没有这个能力，这个项目的不可靠程度就可能增加。定金的额度通常是全部报酬的5%～10%，不给定金的项目尽量别碰。

招数二“影视剧还没有播出 / 上映，尾款的事情稍后再说。”

电影拍完就表示制片公司的电影剧本创作已经完成，至于影视剧是否播出或上映，属于制片公司应当自行承担的风险。因此，我们建议编剧在合约中将尾款的支付节点提前到剧本完成写作，最迟也不得晚于关机；如果是敏感题材，为了保证编剧配合修改，影视剧拍摄完成且通过审查后支付尾款已经是底线。如果与播出或上映挂钩，也一定要限定特定的日期及具体的支付条件。所谓的“稍后再说”很可能等于“对不起，反正已经拍完了，我不想付你钱了”。

招数三“虽然你的剧本写得很好，但是我们可能还是不拍了，报酬就算了吧。”

很多电影或电视剧项目可能无法进行到底，制片公司和投资者之间的半路分手也让很多编剧无奈。虽然影视剧是不拍了，但编剧的剧本可能已经创作完成或者完成了一大半。这个时候，要注意在合同中，尽量将获取报酬与创作挂钩，如果在合同中，出现了“乙方（编剧）仅在剧本最终被采纳的情况下，才能拿到报酬”意思的条款，对报酬的主张就会变得很困难。因此，编剧在签订合同时，一定要注意报酬相关条款，尤其是每个阶段报酬支付对应的条件。

创作报酬是编剧进行委托创作的主要经济来源。而如上所述，由于委托创作的权利归属都依靠双方合同，所以编剧能否拿到报酬，基本上也取决于双方的合同约定。除非是抢手的名编剧，一般的制片公司不会接受“支付或参与”（pay-or-play）条款，无法做出“即便剧本最终未被采纳，编剧仍然有权获得约定的报酬”的承诺，那么编剧这时至少也应当主张获得已经被采用的这部分剧本的报酬。

（2）第二要务：获得署名权

“怎么样才能在最终的电影、电视剧成片中署上我的名字？”

“如果制片方拒绝署我的名字，我该怎么办？”

在编剧独立创作剧本的情形下，虽然依据《著作权法》编剧享有署名权，但著作权法并未规定署名的具体方式，换言之，将编剧列在“编剧助理”甚至“特别鸣谢”之下也可以称为署名，但这显然和大多数编剧对正式署名为“编剧”的想法不一致，所以在著作权许可合同中明确要求制片方以特定的方式对编剧进行署名还是十分必要的。

至于在委托创作剧本的情形下，编剧要想获得正式的编剧署名，必须在委托创作合同中就署名的条件和具体格式进行详细约定。一般来说，制片方会根据编剧付出的创作成果（有时候是行业地位）授予编剧不同的署名权，大编剧们可能享有“总编剧”署名，甚至可以要求如“乙方将被署名为本作品的唯一编剧”“乙方的署名将单独出现在片头”“乙方署名在荧幕上的停留时间不短于 2 秒”等署名方式。

而作为参与完成类似“创作初步意见”“故事梗概”“人物分析”等部分的编剧，则可能面临无法得到署名的情形，这时候，编剧在合同中应当明确写明将自己的工作性质和完成量与署名方式进行对应，至少确保在最后的成片中被署名为“编剧”。

在好莱坞，编剧的署名是谈判中非常重要的一项，合约会对许多规定的细枝末节进行谈判——就署名的方式来看，编剧们会就署名的字体大小、长度、粗细，署名占据画面的比例进行明确的要求，比如规定编剧姓名必须为粗体、表明“编剧”身份的字体不小于姓名的1/2等；就署名的范围来看，好莱坞的编剧署名不仅仅局限于影视剧的字幕中，付费广告、录像带封面、DVD封面、海报等都属于编剧要求署名的范畴。

同时，编剧们还可能会要求享受最优惠待遇：将自己的署名与制片人和导演挂钩，也就是说凡是对导演和制片人进行署名（如广告、海报），编剧也应得到署名，并且署名的大小等必须不低于编剧和制片人。

（3）第三要务：著作权归属

很多编剧的维权意识过强，一看到合约上约定某一部分的著作权归制片公司，就会很惊恐甚至完全不同意，这是不对的。著作权如何归属，要看是怎样的创作方式。

委托创作是编剧与制片公司最常见的合作方式，编剧们往往应制片公司的要求，在制片公司给定的题材或框架下进行创作，并与制片公司签订委托创作合同。这种合作方式创作出的剧本，就属于委托作品。

依照我国《著作权法》第十七条对委托作品著作权归属的规定：“受委托创作的作品，著作权的归属由委托人和受托人通过合同约定。合同未作明确约定或者没有订立合同的，著作权属于受托人。”

所以说，著作权算谁的，要看合同中怎么写。

比较常见的情形是，制片公司作为委托方与编剧约定，著作权归属于制片公司，但编剧保留署名权。

还有可能是，制片公司享有一部分的剧本版权、跟编剧共享版权，制片公司甚至可能把版权留给你，但把收益权全部拿走——这些都非常复杂，一旦编剧产生困惑，还是交给专业的娱乐法律师审核吧。

（4）与他人合作创作的决定权利

“如果制片方要求我和其他编剧一起创作，我能主张哪些权利？”

有时候，制片公司往往会安排多个编剧进行协同创作，比如在编剧创作到一半的时候，制片公司可能会安排其他编剧加入创作，后期可能还会聘任其他编剧润色情节、修改台词等。这时候，你有可能由唯一的编剧被降为联合编剧，甚至，如果制片公司为了给项目增添宣传卖点，请知名编剧“挂名”，那原来辛苦创作的年轻新手就丧失了露脸的机会，委身成为幕后“写手”。

我们希望提示的是，前者是可以接受的，因为编剧可能不是全才，善于做故事架构的可能台词语言不好，善于语言的可能故事创意差一些，甚至多国合拍的片子中，剧本一定要经过本土化加工——“润色”可以，但不能以“润色”的名义侵犯编剧的著作权。

但后者的情况我们不建议编剧接受——联合署名已经是最底线原则，如果直接用他人顶替，不仅不利于新人的成长，连最基本的署名权都被剥夺了，这违反了行业的规矩。

在有些情况下，委托创作合同中可能并没有明确约定署名问题，所以也会出现编剧通过主张自己参与了创作活动而要求被作为合作作者得到署名的情况，不过鉴于诉讼耗时耗力，费了半年、一年时间打官司，即使获赔，也无法改变既成事实。我们建议如果编剧希望得到充分的权利，最好还是通过在委托创作合同中事先约定的方式比较妥当。

（5）剧本修改过程中的权利

“辛辛苦苦完成的剧本，制片方认为剧本质量不合格怎么办？”

遇到这种情况，从法律上讲，首先要看在合同中对剧本质量标准是如何规定的。

如果合同只是约定“剧本得到制片方的满意、接受为标准”等，那么剧本质量是否合格则完全要看制片方的意见。对于编剧来说，比较有利的情形是在合同中设置一些可确定的标准，比如“结构成型、字数达到 50000 字且人物关系清晰，符合故事梗概与大纲的规定”等，从而限制制片方的任意否决权。如果制片公司提出的是合理意见，编剧还是要虚心接受，努力修改，但如果不给出任何理由，直接否决，那么编剧就要斟酌其诚意了。

一般来说，比较具有行业地位的编剧往往能够对制片公司的修改次数或方式提出限制，但我们也不建议小编剧接受合约中“完全听从制片公司的意见”“达到制片公司满意为止”这样的条款。

其次，如果剧本确定被认为不合格，接下来如何处理仍然依赖合同的约定，对于地位强势的编剧来说，制片方可能会要求编剧进行一定的修改。而相对于其他编剧，制片公司可能会要求替换编剧或增加其他编剧进行联合创作，并且相应地减少编剧的报酬甚至不再支付报酬。

所以对于那些制片方既有任意否决权又约定剧本不合格时不再支付报酬的条款，编剧们最好不要接受，这很可能导致最后付出了辛劳却一分钱拿不到，甚至被当了枪手也不是没可能的。

（6）剧本出版权

“我想把自己的剧本进行图书出版，可以吗？”

“我想把自己的剧本改写成小说出版，可以吗？”

首先，如果剧本是编剧原创（不存在原著），那么这主要看编剧与制片公司的合同怎么约定。

在编剧独自创作剧本授权制片公司使用的情形下，如果合同中只约定制片公司有权进行影视剧拍摄，那么编剧完全可以自主决定出版剧本（甚至可以改编为小说进行出版）。一般来说，制片方只会在影视剧播出或放映前限制编剧出版，而之后，制片公司往往不会再做出限制，毕竟剧本的出版很可能会对影视剧起到二次营销的效果。

如果是委托创作的剧本，编剧的剧本出版则相对困难，尤其是在约定制片公司享有剧本著作权的情形下更是如此，除非是大牌编剧，否则合同中大多限制编剧这么做。

其次，如果剧本本身存在原著，编剧只进行了改编，那么除了遵照与制片公司之间的约定外，还要征求原著作者的许可，否则就属于侵犯原作者著作权的行为。

（7）续集参与权

“如果制片方想要拍摄续集、前传、外传，我能参与吗？”

在我国的《著作权法》中，没有明确规定著作权人是否拥有直接参与拍摄续集、前传、外传等权利。但编剧方可以同制片方协商，将具体的权利在合同中进行约定。

续集、前传、外传中的人物和故事情节一般会和原剧本有较大关联。因此，所谓的续集、前传、外传本身会构成对剧本的改编。

在编剧原创剧本的情形下，依据《著作权法》的规定，改编作品应当获得原著作权人的许可。那么，制片方在拍摄续集、前传、外传时，必须首先征求编剧的意见，获得编剧的改编授权。编剧也可以在协议中约定如果开发续集、前传、外传等，必须以编剧的身份参与其中，作为授权的条件，从而掌握主动权。

至于委托创作，如果委托创作合同中约定编剧享有著作权，那么编剧可以行使和上述原创编剧一样的权利；如果委托创作合同约定制片方享有著作权，那么编剧可以通过在合同中要求制片方在拍摄续集、前传、外传时优先聘请编剧，以合同义务将这种参与权固定下来。但具体能否约束制片公司，在很大程度上依赖于编剧的行业地位，不过编剧还是可以尽力争取一下。

（8）最后一项：违约责任

“如何应对制片方不支付报酬的问题？”

从法律上来说，只要合同（无论是独立创作还是委托创作）中约定明确，且编剧履行了自己应当履行的义务（比如许可制片方使用剧本、创作完成了剧本大纲等），编剧就有权要求制片方按照合同支付报酬，如果制片方拖延，编剧还可以追究制片方的违约责任。只是，实践中有些制片方恶意拖欠报酬，而编剧通过诉讼追缴又耗时耗力，所以维权并不容易。

所以我们建议编剧采取有效措施牵制对方，来达到稳固合作的效果，尽量拒绝采取先交稿后付款或者先创作后付款的方式。对于独立创作的剧本，编剧可以要求制片方先行支付全部授权费或者先支付一部分定金，之后才将剧本提供给制片方；对于委托创作，编剧应当要求制片方分阶段（如剧本大纲、分集梗概、剧本初稿）支付报酬，并且在每一阶段的报酬得到支付后再进行下一阶段的创作，以最大程度地保证自己每一阶段的创作成果不会白白被利用。

另外，在某些情况下如果编剧签署了简单的授权书，却没有对报酬做出约定的，编剧可以依据《著作权法》第二十八条第二款“当事人约定不明确的，按照国务院著作权行政管理部门会同有关部门制定的付酬标准支付报酬”来要求制片方履行报酬支付义务。

当然剧本交易中可能遇到的问题远不止这些，在编剧地位普遍不高且缺乏类似好莱坞的编剧工会强制保护的情况下，编剧想在制片方的合作中避开陷阱并实现权益最大化，的确不是件容易的事情。编剧们必须根据自身的情况，选择最适合自己的交易方式，在不断学习中提高自己的维权能力。

4 版权保护

剧本交易不容易，防止剧本被第三方侵权也要操不少心。防人之心不可无，要是有人在未经许可的情况下使用了我的作品，我该如何拿回属于自己的利益？如何对受侵害的作品进行版权保护呢？

（1）如果有人没有经过我的同意，发布了我的作品，我该怎么办？

如果有人没有经过你的同意，在报纸、杂志、互联网中发布了作品，那就有可能侵犯了你的著作权。但是鉴于诉讼维权成本较高，所以，在你决定聘请律师、递交诉状之前先冷静地思考和确认以下问题——因为你的一个不理智的举动，可能给之后的维权带来不利的影响：

这个作品是你自己创作且没有发出的作品，还是已经跟别人交易过的作品；

对方是否给你署名；

对方将作品用作什么用途；

对方公司（发布者）是谁？

如果这个作品还没有与任何制片方进行合作就被公开发布，首先，你需要看发布的作品是否署上了你的名字，如果发布者表示了你的作者身份，那么表明对方认可且知晓你是作者。你需要进一步判断这种公开发布对你是否存在利大于弊的情况。毕竟有时候看似未经许可的侵权行为，在事实上能帮助编剧传播作品，提高编剧知名度，无形中甚至可能为编剧带来新的商业机会。这时候，你需要做的是先和对方进行沟通，了解对方是否有进一步合作的意向，比如拍摄你的作品、为你进行版权代理等。

但如果对方并没有为你署名，或者发布弊大于利，又或者发布者不愿意和你进行任何合作而只是想免费用你的作品，那么你可以进一步采取一些严肃且有效的措施，比如发出维权声明，要求对方停止侵权（断开链接、删除内容等）并要求其承担给你造成的损失，如果这不能“吓唬”到对方，在万不得已的情况下，采取诉讼手段是你维权的最后底线。

这其中需要特别注意的是，如果对方将你的作品在网络社区公开，依据《信息网络传播权保护条例》你可以首先向社区平台发出通知要求其删除相关内容〔通知需要包含“编剧的姓名（名称）、联系方式和地址；要求删除或者断开链接的侵权作品、表演、录音录像制品的名称和网络地址；构成侵权的初步证明材料”三项内容〕。如果社区平台在接到编剧的通知后没有采取措施，你可以将社区平台作为共同侵权者，追究其责任。

如果对方公布的作品是你已经与制片方达成合作的作品，这时候你应当第一时间联系制片方，因为很多时候，发布者很可能针对的是制片方手中的电影或电视剧，比如在好莱坞，就曾经发生过剧本提前泄露，制作方无奈放弃项目的案例。所以你要及时与制片方沟通，讨论剧本泄露的可能原因，并依靠制片方的力量来解决问题。

（2）如果在别的作品上，看见了我自己曾经写过的文字，我该怎么办？

遇到这种问题，应当分情况讨论。

如果他人仅仅只是为了说明、评论某一个问题，或者是为了报道新闻不可避免地少量引用了你的作品，或者是为了教学或学术研究复制或翻译了你作品等（全部情形请参照《著作权法》第二十二条且须咨询专业人士意见进行判断），这在很大程度上可能属于对你作品的“合理使用”，也就是说，他人在这些情形下使用你的作品，不属于侵权行为。

但如果有人大量复制你的文字，并且改头换面，冒充成他的作品，这就是典型的抄袭行为，很可能构成了侵权。在这种情况下，你可以与侵权人沟通，协商补救和赔偿事宜，并着手聘请律师，收集证据，为诉讼维权做好准备。

需要特别提示的是，编剧们还要懂得一些谈判的艺术——如果是利用媒体、网络，在对抄袭者施加压力的同时，不要出现因愤怒而出言不逊的行为，这反而会对抄袭者构成诽谤或者名誉权侵权；一旦时机成熟，也可以适时抛出橄榄枝，将舆论压力转化为和解谈判的筹码。

（3）制片方拒绝了我的剧本，但事后却发现与剧本类似的影视作品播出，我该怎么办？

这个问题可能困扰着不少编剧，并且处理起来也比较复杂。

你首先必须判断，该影视作品与你的作品相似度究竟有多高，如果仅仅是一个大致的故事架构（比如穿越加嫁入豪门），那么你可能很难主张制片方承担对你的侵权责任；如果发现你创作的大部分情节被直接用在了影视作品中，而制片方却未获得你的任何许可，此时你可以考虑追究制片方的法律责任。鉴于在这种情况下，与制片方的博弈需要很多商业技巧与法律专业技能，我们建议你最好不要单独行动，而是通过可靠的专业顾问协助维权。

（4）未经原作品作者许可改编而产生作品，是否具有著作权？

《著作权法》第十二条规定："改编、翻译、注释、整理已有作品而产生的作品，其著作权由改编、翻译、注释、整理人享有，但行使著作权时不得侵犯原作品的著作权。"

所以说，如果你未经许可创作了一个剧本或者故事（比如说写了一篇同人文章），作为改编者，你对自己创作的改编作品享有著作权，但是这种著作权是受到原作品作者的权利限制的，因为改编作品是以原作品为基础创作的，所以如果未经过原作者的许可，改编者对自己的作品进行发表、复制、发行以及其他形式的使用，都属于对原作者著作权的侵犯。

（5）有人告诉你备案的剧本大纲侵权了，你该怎么做？

当有人突然通知你，或者发给你一份律师函，声称你的某作品侵犯了他的权益。这时候，你该怎么办呢？

首先，你要先了解自己的作品是否存在可能侵权（如肖像权、名誉权）的情况，这有时候可能是疏忽造成的，有时候也可能是你不恰当使用了他人提供的材料导致的。

如果你觉得自己的作品的确存在侵权可能，接下来你需要冷静地判断对方的意图。调查对方的背景并进行初步的沟通，明确对方是真正为了维护权益，还是为了阻止根据你的剧本改编的电视剧播出或者电影上映，又或者是为了先给你一个下马威，然后转而向你提出合作的邀约（比如低价收购你的剧本等）。

对来意作出判断后，你就可以选择对应的策略了。如果是为了追究你的侵权责任，那么你或者你的律师可以积极与对方沟通，争取和解的可能。如果是为了阻止电视剧播出或者电影上映，那么可以与电视剧或者电影的出品方沟通，请他们进行处理。如果对方是为了和你进行交易，那么你需要与对方进一步协商交易的具体条件。

如果你很自信地认为自己没有侵犯他人的权益，你当然可以选择不理会对方的要求。不过，我们建议，你仍然要聘请专业的律师，对此事是否在法律上构成侵权作出判断，积极收集证据，毕竟应对舆论压力和作为被告应诉也要花费一番精力的。

（6）剧本版权能否办理质押贷款？

通常所说的版权质押，实际上是版权（即著作权）上的财产权利质押，为表述方便简称版权质押。

依照《中华人民共和国担保法》（以下简称《担保法》）第七十五条，下列权利可以质押：

（一）汇票、支票、本票、债券、存款单、仓单、提单；

（二）依法可以转让的股份、股票；

（三）依法可以转让的商标专用权，专利权、著作权中的财产权；

同时《担保法》第七十九条规定：“以依法可以转让的商标专用权，专利权、著作权中的财产权出质的，出质人与质权人应当订立书面合同，并向其管理部门办理出质登记。质押合同自登记之日起生效。”

所以，版权质押是可以的，但应当注意签订合同并及时办理登记。不过，你的版权具体能值多少钱，就得另行评估了。

（7）剧本版权人去世的，能否作为遗产继承？

我国《著作权法》第十九条规定：“著作权属于公民的，公民死亡后，其本法第十条第一款第（五）项至第（十七）项规定的权利在本法规定的保护期内，依照继承法的规定转移。”也就是说，除了发表权、署名权、修改权、保护作品完整权等人身权利以外的所有财产权，均可以作为遗产继承。

不过需要注意的是著作权是存在保护期限的，依据《著作权法》第二十一条：“公民的作品，其发表权、本法第十条第一款第（五）项至第（十七）项规定的权利的保护期为作者终生及其死亡后五十年。”也就是说，即使可以继承，受保护的期限也不会超过作者去世后五十年。

（8）离婚时，剧本版权能否进行分割？

依据《著作权法》第十一条，著作权属于作者。但《婚姻法》第十七条和《婚姻法司法解释（二）》第十二条规定，婚姻关系存续期间，实际取得或已经明确可以取得的知识产权的财产性收益为夫妻共同所有。也就是说，虽然剧本的著作权属于编剧，但因该著作权产生的财产收益（比如制片公司支付的稿费）是可以进行分割的。

可被分割的著作权必须满足以下条件：首先，该著作权必须是在夫妻关系存续期间产生的；其次，该著作权必须带来了利益（财产利益）。在分割时，对于已经带来了经济利益的著作权，可以按一般财产的分割方法加以分割。对尚未产生利益的著作权，原则上不进行分割，由作者享有。

不过，如果你觉得按照法律的规定你的情况极其特殊，也需要聘请专业的婚姻律师来询问，以得到专业的意见。

5 保密协议范本

为了避免有人看了你的剧本之后剽窃你的创作，我们在此提供一份最常见的剧本保密协议范本，你可以在制片方要“考察”你的剧本的情况下，先让其签署此协议。

《________》剧本保密协议

感谢您（签署人）阅读由编剧 ________ 创作的剧本。鉴于编剧对剧本创作付出了巨大心血；为了保护编剧的合法权益，构建影视创作的健康环境，尊重原创、尊重知识产权，您在此特别承诺遵守以下条款的约束：

（1）有限授权

请注意，提供给您的剧本阅读资格仅属于您。您有权阅读剧本，并向编剧反馈您宝贵的意见。但鉴于剧本未公开发表，还属于保密阶段，您不能与他人分享阅读本剧本；您以任何方式将剧本发送或与他人分享、出售、授权或转赠给他人使用都将违反本保密协议，编剧将有权追究您的违约责任（包括但不限于继续履行、采取补救措施、进行损害赔偿等）。

（2）期限

本协议规定的期限，自剧本送达您之日起至剧本公开发表为止。

（3）保密义务

在您阅读剧本的过程中，您接触到的与本剧本相关的所有信息（包括但不限于剧本中的故事梗概、创意、人物名称、主要情节、经典桥段等）都属于保密信息，这些信息属于编剧所有。

您有义务为您获取的保密信息进行保密。具体包括但不限于：

在没有事先得到编剧书面许可的情况下，您不得通过任何媒体、网络平台（包括但不限于网站、微博、微信、QQ 空间、网络社区等）向公众提前发送或公开保密信息；

您不得将保密信息以任何形式透露给其他未签署本协议的第三方，或以任何形式将其公布或使用在任何其他形式的作品中；

在您阅读完本剧本后，应当归还所有保密信息及相关文件（如剧本的复印件）。

如果您不能保证遵守本协议中的全部条款，请不要以上述任何一种方式阅读剧本。本文件是您与编剧之间达成的保密协议。一旦您确定接受本协议，就表明您明确地同意本协议的所有条款。本协议具有法律上的约束力，自签署之日起生效。

我同意遵守本保密协议。

签署人：____________________

签署日期：_____ 年 ___ 月 ___ 日

6　编剧法律小常识

（1）剧本在法律上是如何定性的？

《著作权法》保护的对象是文化与信息技术领域产生的具有独创性的智力成果——作品，对于剧本，依照其特点和表现形式，应当属于《著作权法》中规定的文字作品。不过也不要以为剧本只能表现为白纸黑字，在“琼瑶案”中，法官在判决中指出：“剧本是电视剧拍摄的依据，以文字形式呈现电视剧的拍摄内容。打印装订成册的剧本实物是剧本内容的物理载体，剧本物理载体这一实体形式的变化并不意味着剧本内容的变化。”所以说，虽然剧本是文字作品，但其呈现形式却多种多样。

（2）编剧对剧本享有哪些权利？

如果按照《著作权法》进行区分，编剧对剧本享有发表权、署名权、修改权、保护作品完整权、复制权、发行权、出租权、表演权、放映权、广播权、信息网络传播权、摄制权、改编权、放映权、汇编权以及其他著作权，总体来说包括人身权和财产权两类。

但法律的区分并不能穷尽商业上的使用方式，《著作权法》也明确允许权利人自由约定著作权的行使方式。现实中，许多权益是通过不同的商业模式和使用方式得以实现的，比如戏剧改编权、网络剧改编权、电影改编权、电视剧改编权就是对改编权的分割行使，实质上实现了一项权利多项权益。

（3）创意是否属于著作权法的保护范畴？

创意是依靠想象力创作出来的东西，如果它还停留在“想法”的层次，它就不能被纳入著作权法的保护范围，只有当抽象思想转换成了作品（正如第一部分所述，你需要对它进行细化），包括语言文字作品、音乐作品、摄影艺术作品、电影作品等，才属于著作权法的保护范畴。

（4）桥段、情节是否属于著作权法的保护范畴？

桥段、情节是否能够纳入保护要具体分析。

著作权法所保护的是作品的表达，作品的思想内容不受著作权法的保护。桥段是否能获得保护，要看其是否属于表达。这个认定过程本身是复杂的，目前的司法判例中并未直接认定桥段或情节是否构成表达。在“琼瑶诉于正”案中，法院指出：“文学作品中的情节，既可以被总结为相对抽象的情节概括，也可以从中梳理出相对具体的情节展现，因此，就情节本身而言仍然存在思想与表达的分界。” 只有当“人物身份、人物之间的关系、人物与特定情节的具体对应等设置已经达到足够细致具体的层面，那么人物设置及人物关系就将形成具体的表达”。

小说《梅花烙》中的 17 个桥段及剧本《梅花烙》中的 21 个桥段因为满足了上述条件才被认定为受保护的表达。也就是说，桥段和情节的可保护性要具体情况具体分析，这在很大程度上依靠法院的自由裁量。

（5）标题 / 角色 / 草稿是否属于著作权法的保护范畴？是否版权登记越早越好？

他们能否被纳入保护要看其是否构成著作权法意义上的作品。

对于作品而言，具备独创性是其受著作权法保护的前提。一般来说，标题由于字数的限制，难以被认定为单独的作品，可以考虑利用商标法和反不正当竞争法进行保护。

角色，多以动漫、游戏等形式被认定为美术作品而受到保护，对于文学作品中角色是否能得到保护，仍然可能依赖法官的自由裁量权，有待更多的司法实践佐证。

草稿，作为创作的阶段性载体，只要草稿的内容构成独创性的表达，就可以获得著作权法的保护。对于内容已经比较充实的草稿，及时进行版权登记是明智的做法。

版权登记对于著作权的保护必然有利，当然也要考虑到创作的完成状况和成本问题。版权登记能及时为作品的权属提供证明，是证明作者身份的有利证据。但如果在创作内容还未构成作品时申请版权登记，是不会被受理的。一般来说，故事大纲、分集梗概等都可以得到登记。

由于版权登记需要至少 30 个工作日才能完成，并且成本较高（最低 100 元），所以进行登记的内容应当有所选择，以最重要的作品内容为主。

（6）中国有没有编剧行业协会？它能够为我做些什么？

在我国，和编剧相关的行业协会一般有两类，一是作家协会，二是各类编剧协会。中国作家协会下设专门的作家权益保障委员会（“权委会”），负责版权保护事宜。权委会拥有专门的网站（http://www.chinawriter.com.cn/zjqy/），在上面可以阅读到大量维权信息。如果你遇到版权纠纷，可以向这家机构投诉，但目前仅限为中国作协会员及在北京发生版权纠纷的作协各分会会员处理纠纷。详情请见作家协会官方网站（http://www.chinawriter.com.cn/2009/2009-06-14/44247.html）。

同时，中国电视剧编剧协会（http://ent.sina.com.cn/f/v/screenwriters/）也提供协调纠纷的服务。如果遇到纠纷，也可以与其取得联系。咨询电话为010-57892817，官方微博账号为“中国电视剧编剧委员会”。

（7）如何认定作品已经发表？发表在什么地方更有利于著作权保护？

作品发表就是作品处于公之于众的状态，所谓公之于众即作品处于为不特定的人能够通过正常途径接触并可以知悉的状态，而不要求必须存在有人已经实际知晓、接触的事实发生。

而对于作品的发表并没有明确的法律规定和要求，发表在什么地方都可以被认定为行使《著作权法》规定的发表权，不必刻意强调是在广为人知的传播媒介还是小众的读者群。

但一般来说，如果发表在粉丝多且影响力广的平台上，会更有利于作品的传播，且如果后续发生有关作者身份的权利争议，会更有利于举证。

（8）如何认定抄袭？

我国司法实践中认定剽窃（抄袭）一般来说应当遵循两个标准：第一，被剽窃（抄袭）的内容是否依法受《著作权法》保护；第二，剽窃（抄袭）者使用他人的作品内容是否超出了“适当引用”的范围。

关于“适当引用”的数量界限，我国《图书期刊保护试行条例实施细则》第十五条明确规定“引用非诗词类作品不得超过2500字或被引用作品的十分之一”“泛引用一人或多人的作品，所引用的总量不得超过本人创作作品总量的十分之一”。以提供反抄袭、反剽窃服务而闻名的“好汉网”创始人何云峰教授，在回答抄袭、剽窃和引用的界定标准时这样说明："一段话如果 20 个汉字完全或者 90% 以上文字相同，没有注明出处，可以算雷同。一部著作若有 5 处以上文字雷同，则可以算轻度抄袭；10 处以上可以算作严重抄袭；20 处以上雷同，应算作剽窃；30% 以上雷同的，是严重剽窃。"但是这些标准更主要的是起到一个参考意义，涉及具体的实践，还需要法官依靠自由裁量权具体问题具体分析。

（9）法律对剧本著作权的保护期限是如何规定的?

首先，我国《著作权法》规定署名权、修改权、保护作品完整权的保护期不受限制，著作权的保护期限仅适用于发表权和其他经济权利，并且对著作权的保护期限应当按照作品类型的不同进行区分，其中：

大多数自然人创作的作品的著作权保护期为作者终生及其死亡后 50 年，截止于作者死亡后第 50 年的 12 月 31 日，如果是合作作品，截止于最后死亡的作者死亡后第 50 年的 12 月 31 日；

而法人或者其他组织的作品著作权保护期为 50 年，截止于作品首次发表后第 50 年的 12 月 31 日，但作品自创作完成后 50 年内未发表的，著作权法不再给予保护；

电影作品和以类似摄制电影的方法创作的作品、摄影作品的著作权保护期为 50 年，截止于作品首次发表后第 50 年的 12 月 31 日，但作品自创作完成后 50 年内未发表的，也不再受到保护。

（10）如何保留相关证据材料?

你要明白，证据最终是给法官看的。真正能够决定案件结局的，不是证据本身所呈现出来的事实，而是证据给法官造成的印象，也称为法官的"心证"。因此，虽然我国的《民事诉讼法》和《最高人民法院关于民事诉讼证据的若干规定》对证据的形式、效力都做了很多规定。但这完全不妨碍你在搜集证据阶段发挥"想象力"，尽可能地将反映事实的材料找出来。

能够证明自己是作者或著作权人的材料

版权登记信息；

创作过程中产生的草稿、脚本、电子文件记录；

与制片方、委托方的往来邮件（需要公证）、会议纪要、合同文本等；

知悉你创作过程的各种人士，阅读过你创作文本的各种人士。

能够证明他人涉嫌侵权的材料

他人发布文件的副本，例如网页截图（需要公证）、纸质出版物，注意发布时间；

他人拍摄电视剧、电影等呈现的故事、情节、人物设定（主要为视频片段）；

和侵权人进行交涉时产生的信息，如短信、微信聊天记录，邮件往来（均需公证），电话（需要录音），在沟通时，要特别注意对方是否可能承认侵权事实。

能够证明他人涉嫌违约的材料

合同文本以及订立合同过程中产生的各种材料，包括备忘录、往来邮件、合同草稿等（会对如何解释合同产生帮助）。

能够证明相对方违约的材料

和相对方的资金往来记录（如银行流水等），用以证明给付酬金方面的违约；

泄露剧本的网站网页截图（需要公证）、纸质出版物、视频资料等，用以证明相对方违反保密义务；

对方出具的各种文件，如剧本审读通过确认书、收到剧本确认书，邮件回执等；

所拍摄电视剧、电影相关画面的截图（需要公证），用以证明相对方违反署名权条款；

他人拍摄电视剧、电影等呈现的故事、情节、人物设定（主要为视频片段），或拍摄所用台本（如果能获取到），用以证明相对方违反修改权条款；

知晓合同履行过程的其他个人和组织。

侵权经济损失的证明

一般而言，侵权导致的损失包含两部分，一是经济损失，二是维权成本。经济损失部分则参照以下顺序确定：实际损失；违法所得；人民法院酌定。然而，事实上，在绝大部分著作权侵权纠纷中，权利人很难通过证据证明实际损失。而侵权人的违法所得，一般体现在侵权人的编剧合同或发行合同中，这些材料也掌握在侵权方手中，被侵权一方很难获得。这导致现实中绝大部分著作权侵权案例，都由法官根据不同因素综合判断赔偿数额。

至于维权成本，则可以通过证据体现出来。这些成本包括律师费、公证费、交通费、法院受理费用等，应当注意保存相应票据。

出版后记

新手编剧常常苦于面对空白文档而不知如何下手，构建一个剧本所需要的人物、情节、结构等若干元素全部散乱地出现在脑海中，却没有办法将它们变成纸上的文字。本书正是一本为编剧解决剧本创作之前所有准备工作的笔记本，让你的笔尖真正落到纸上，将你想象中的世界一点一点再现出来。

本书共总结了八种思维训练表，它们是创作或重写剧本之前的必备工具和实用表格，全面且清楚地回答你的故事前提、角色发展、人物关系、人物弧、情节架构、情节点与场景。本书不仅提炼出构成剧本的重要元素，而且用表格的形式对这些元素进行表现，简化了剧本创作的准备工作。

在编辑过程中，我们保留了原版书后附有的“网络资源”这一板块的内容，对其中涉及到的所有网站一一排查，将一些已经失效的网站进行了删减，记录下修改地址的网站并对网址进行了更改，力图保留这些对编剧工作颇有助益的参考资料。另外，本书还特别收录了“如是娱乐法”公司撰写的“编剧法务实用指南”，他们将编剧工作过程中可能会遇到的相关法律问题摘选出来，提醒编剧切实维护自身利益，保障行业权益，在此也要感谢他们对编剧行业提供的法律支持。读者可以通过法务实用指南，了解编剧行业的著作权问题、剧本交易要点等，为踏入编剧行业打下基础。

在使用本书中的工作表时，读者可沿线将表格完整撕下，根据需要随时拆解、重组、拼贴、替换，用自己习惯的方式进行剧本写作训练，同时放飞创作的想象力。

但愿这本编剧工作书，能够帮助你避开开始写剧本时碰到的难题，用表格中的内容构建剧本结构、填充剧本框架。就像书中所写的那样：“准备好享受乐趣，用最短的时间写出一部卖座电影的剧本吧！”

“电影学院”编辑部

拍电影网（www.pmovie.com）

后浪出版公司

2019 年 4 月

图书在版编目（CIP）数据

打草稿：编剧思维训练表 / (美) 杰里米・鲁滨逊, (美) 汤姆・蒙戈万著；曹琳琪译. -- 福州：海峡文艺出版社, 2019.9

ISBN 978-7-5550-1869-8

Ⅰ.①打… Ⅱ.①杰… ②汤… ③曹… Ⅲ.①电影编剧 Ⅳ.①I053.5

中国版本图书馆CIP数据核字(2019)第094196号

打草稿：编剧思维训练表

［美］杰里米・鲁滨逊　汤姆・蒙戈万　著；曹琳琪　译

出　　版：海峡文艺出版社
出 版 人：林玉平
责任编辑：王顿顿
地　　址：福州市东水路76号14层　邮编 350001
电　　话：（0591）87536797（发行部）

选题策划：后浪出版公司
出版统筹：吴兴元
编辑统筹：陈草心
特约编辑：闫　烁　徐小棠　陈天然
营销推广：ONEBOOK
装帧制造：墨白空间・韩凝

印　　刷：环球东方（北京）印务有限公司
经　　销：新华书店
开　　本：889毫米×1194毫米　1/16
印　　张：14.5
字　　数：51千字
版次印次：2019年9月第1版　2019年9月第1次印刷
书　　号：ISBN 978-7-5550-1869-8
定　　价：60.00元